傅 伟 著

师者心语

SHIZHE XINYU

浙江工商大学出版社

图书在版编目（CIP）数据

师者心语 / 傅伟著 . — 杭州：浙江工商大学出版
社，2018.9
（湖畔文丛 / 鄢子和主编）
ISBN 978-7-5178-2872-3

Ⅰ．①师… Ⅱ．①傅… Ⅲ．①随笔－作品集－中国－
当代 Ⅳ．① I267.1

中国版本图书馆 CIP 数据核字（2018）第 172268 号

湖畔文丛　**师者心语**

傅　伟　著

责任编辑	何小玲
封面设计	林朦朦
责任印制	包建辉
出版发行	浙江工商大学出版社
	（杭州市教工路 198 号　邮政编码 310012）
	（E-mail: zjgsupress@163.com）
	（网址：http://www.zjgsupress.com）
	电话：0571-88904980，88831806（传真）
排　　版	风晨雨夕工作室
印　　刷	杭州恒力通印务有限公司
开　　本	710 mm×1000 mm　1/16
印　　张	12
字　　数	144 千
版 印 次	2018 年 9 月第 1 版　2018 年 9 月第 1 次印刷
书　　号	ISBN 978-7-5178-2872-3
定　　价	38.00 元

"湖畔文丛"絮语（代总序）

◎丛书主编　鄢子和

湖泊寻找湖泊

眼睛寻找眼睛

仓颉造字沟通解读

凿开生命的湖

文字破土长出树草

阳光照亮湿地

滋润湖与湖之间的山坡和森林

湖如镜子照出天空

映影岸上的行踪和风景

零度以上零度以下

都能积蓄我们的体温和心境

湖畔诗人潘漠华是导游

他行走双桂树下状元塘

游入西湖和北大未名湖

点燃生命献出自己

断桥不断孤山不孤

西子相伴半个世纪的叶一苇

难忘故乡生地草马湖

诗心造印温暖一个湖泊一个湖泊

千家驹一句真话

湖泊装不下就告诉海洋

河流抚爱每一片真实的陆地

一滴雨一眼泉一颗泪

都能砸开湖面的安静澄清

我们是一群聚集湖畔的孩子

自在的芦苇草地知了飞禽

是我们的姊妹兄弟

我们在树上用文字垒窝

呼朋引伴温暖自己

人失落时在湖的怀抱取暖

湖寂寞时扣上自己的手臂

一激动就把湖泊当成天空

放飞所有地平线的鸟群

自 序

　　小时候，我从不曾有过当教师的梦想。这可能与我的母亲是小学教师有关。现在，也有许多孩子不希望自己长大后从事与父母相同的职业。我记得，自己小时候对军人非常崇拜，虽然我父亲也曾经当过兵，参加过抗美援朝，但那时，我并不知道父亲的这段经历。当年，村里有一个青年去参军，我就很想给他送点礼物，无奈没有钱买，只好作罢。我也曾经做过当兵的梦，这并不是说我特别喜欢当兵，而是因为在当时那个特殊的年代，我们这种出生在农村的人，除了当兵之外，根本没有其他出路。后来回乡务农，发现在多子化年代，像我这种属于家庭"独子"的人，是不可能有参军机会的，我才死了当兵的心。

　　我出生在二十世纪五十年代末，从小学到高中，正好赶上十年"文化大革命"，正常的教学秩序完全被打乱，读书无用的思想不仅弥漫校园，而且弥漫整个社会，教师无法安心教书，学生也无法安心读书，在学校能学到的文化知识很少，读书最好的年华虚度了，学习最宝贵的时光荒废了。

　　我高中是在武义一中读的，两年来，我们很多时间是在学农、学工、学军中度过的。最后一个学期，我们的班主任干脆把我们全班学生带到东皋村去"开门办学"，一待就是四五个月。先是让我们到东皋农机具厂学工，在车间里学翻砂，在砂轮上给铸铁件抛光；再是到村里去学开手扶拖拉机，徒步到董源坑的千丈岩去"炼红心"；后来又学医，邀请当时东皋卫生院的医生给我们上课。学医这个内容可能是我们班特有的。

也正因为有了这一段学医的经历，高中毕业回乡务农时，村里让我当"赤脚医生"。当时，因为刚学了一点"医学知识"，兴趣正浓，我就欣然接受了。接着就去参加了桐琴区举办的为期一个月的"赤脚医生"培训班，培训班结束后，参训人员被安排到各自所在公社的卫生院实习，学习一些最基础的医疗技能。实习时间不长，二十天左右，然后我就回村"上岗"了。当时的"赤脚医生"是不脱产的，白天干农活，晚上帮村民看病。那个时候，农民的体力劳动强度很大，生活又十分艰苦，但生病的人却不多，大多是一些外伤、中暑、感冒、腹泻之类。我也就给他们包扎、打针、配药，没有什么报酬。当"赤脚医生"唯一的"福利"就是每个月有一天时间由自己安排。

这样的生活过了三年，什么农活都干过，什么苦头都吃过，好处是培养了吃苦耐劳、不怕苦不怕累的精神品质。现在想来，这也是一笔十分宝贵的精神财富。但是，当时让自己感到苦闷的是看不到前途，看不到人生的希望。恢复高考后，才重新看到了希望之光，做起了"医生梦"。我很想继续学医，当一名正式的医生。无奈命运不济，未能如愿以偿去学医，却去读了师范。由于文化基础太差，考的分数也不高，当时似乎也没有其他可选择的余地，想想能考上已经是奇迹，能跳出"农门"更是万幸。

当了教师以后，在工作上遇到挫折或不顺心的时候，偶尔也会想起未能成为医生的缺憾。总认为自己如果去当医生的话，工作上可能会取得更大的成就，可能会有更好的人生。其实，这只是一厢情愿而已。逃走的鱼总是大一些的，没有实现的梦想总是美好一些的。我家兄妹四人，当时，一个妹妹是军人，一个妹妹是工人，一个妹妹是医生，我自己当教师，兄妹各从事不同的职业，想想其实也是挺好的。

2005年12月下旬，浙江教育报刊总社曾召集十五位浙江省中小学教师藏书家到杭州召开座谈会，我在座谈会上曾透露出自己年轻时的"医生梦"。同来参加座谈会的来自宁波效实中学的黄伟平老师说，他正好与我相反。他从小就有一个教师梦，却阴差阳错地成了一名医生，而且一当就是十年。有一年，宁波市教育局公开向社会招考教师，他因为从小喜欢音乐，又擅长好几种乐器，就报考了中学音乐教师，而且考上了，如愿以偿地成了一名中学教师。经过十五年的努力，他还被评为浙江省中学音乐特级教师。

我很佩服黄老师的敬业、才华、勇气和执着。我有自知之明，自己没有什么天赋，没有什么才华，也没有什么特长，自知无力改变命运，无法实现自己的梦想，也就不再这山望着那山高了，听从命运的安排，随遇而安，把自己年轻时的梦想埋在心底，干一行就爱一行，安下心来做一名教师。三十多年来，不管在什么岗位，不管做什么工作，自己都尽心尽力、尽职尽责。先天不足后天补，基础不好勤勉补，笨鸟先飞，不敢懈怠，不求完美无缺，但求无愧于心，为教育事业的发展贡献自己的绵薄之力。

如今，我已年届耳顺，为了给自己的教育生涯画上一个句号，特地将近十年来撰写的教育短文收集起来，整理付梓。这是一本教育随笔集，其中的文章大多是为师训刊物撰写的卷首语，另有几篇是参加有关座谈会的发言稿或听课的讲评稿，记录了自己对学校、教育、教师和学生的认识、理解与反思，反映了自己的价值观、人生观、教育观、教师观和学生观，表达了自己对教育事业的真挚情感和真诚期待。由于才疏学浅，书中不当之处乃至错误定然不少，谨请读者不吝赐教。

是为序。

二〇一七年十二月十八日

目　录

 第一辑　教师的自我修炼

第二辑　教育的人文关怀

第一辑

教师的自我修炼

01. 何谓名师

近年来，全国各地都在评选名师，评选出来的名师，有的认可度比较高，但也有一部分未能得到广泛的认可。原因是各地评选名师的标准不大相同，有的重业务水平，评选出来的名师如同学科带头人；有的重师德水平，评选出来的名师如同师德模范。

笔者认为，所谓名师，应该是一个综合性荣誉称号，是综合评价的结果，必须从四个方面来考量。

一是师德高尚。德为师之本，德高为师，身正为范。名师不仅要自觉遵守教师的职业道德规范和行为准则，而且要有崇高的道德品质和高尚的情操。为人正直正派，诚实敦厚，爱岗敬业，爱生如子，默默奉献，不计得失，全身心投入教育事业之中。

二是教学精湛。名师不仅要有很强的理解能力，而且要有很强的表达能力；不仅能正确、深刻地理解文本，而且能正确、深刻地演绎文本；不仅能科学地安排教学过程，而且能通过生动形象的语言进行教学，能充分地调动学生的学习积极性，给予学生匠心独运、别有洞天之感，唤起学生的惊异感和想象力，使学生茅塞顿开、豁然开朗，引领学生的探索和思考处于"最近发展区"。

三是以德育人。名师不仅教书，而且育人。育人以德为本。名师以自己的崇高品德陶冶学生，以自己的高尚情操感染学生，以自己的正确思想引领学生，以自己的责任和奉献浸润学生，以自己的爱心感动学生。不仅重视学生的学业长进，而且重视学生的道德成长；不仅重视学生的思维发展，而且重视学生的思想发展。总之，名师在精心教书的同时，应时刻悉心培育学生健全的人格和善良的心灵。

四是业绩卓著。这里所说的业绩既指教书的成绩，即教学成绩，也指育人的成绩，即德育成果。名师不仅能充分发展学生的智力潜能，而且能充分提升学生的道德水平；不仅教学成绩优异，而且德育成果丰硕；不仅是教学的能手，而且是德育的楷模；不仅在校内有声望，而且在社会上也有口碑；不仅桃李满天下，而且高徒满天下。

名师是学校教书育人的典范。

02. 追求卓越，成就未来

　　教师的神圣职责是教书育人。要培养全面发展的学生，教师自身必须全面发展；要培养优秀的学生，教师自身必须优秀。

　　要做一名优秀的教师，必须有崇高的师德，必须有坚定的信念，必须有丰富的智慧，必须不断追求卓越。

　　当教师就要不断学习。学习教育科学理论，学习先进的教育理念，学习成功的教育经验。只有不断学习，才能不断开拓自己的视野，才能不断开阔自己的胸襟，才能不断提高自己的思想境界，才能不断提升自己的专业水平。

　　当教师就要不断实践探索。读书是学习，实践也是学习，从某种意义上说，实践是一种更重要的学习。教师的教育实践不能满足于现状，不能简单重复，更不能敷衍了事。教师要勇于探索，要不断地把教育理论运用于教育实践,要不断地把先进的教育理念转化为教育行为,要不断地把教育理想转化为现实。

当教师就要不断反思。反思是对理论的提炼,是对实践的深化。反思的过程就是对教育规律再认识的过程。没有反思,就没有升华;不会反思,就不会进步。一位优秀的教师,必须是不断反思的教师。一个人只有在反思中才能发现问题,才能总结经验,才能吸取教训,才能改进工作,才能不断发展。

当教师就要不断创新。教育没有一成不变的模式,教育是一门科学,需要不断创新。要追求卓越,就不能画地为牢,故步自封;要成就未来,就不能亦步亦趋,墨守成规。要成为一名优秀的教师,就要敢于追求个性,敢于形成风格,敢于创造新的教育模式,敢于成为教坛上的"另类"。创新是教育发展的动力,创新是教育的生命。没有创新的教育,就不会有创新的人才;没有创新的人才,就不会有民族和国家的未来。

如果你想成为一名优秀的教师,成为一只引领教育发展的"大雁",别无选择,你只能不断学习,不断实践,不断反思,不断创新。这不仅是一种责任,而且是一项社会赋予的神圣使命,同时也是一名优秀教师成长的必由之路。

03. 教师的成长贵在自我发展

　　教师的成长可以通过培训、与同伴的交流、专家的引领等途径来实现，但实践证明，最有效的途径还是靠教师自身的努力，依靠自我发展的能力来实现成长。也就是说，教师成长的决定因素主要不是外在的条件，而是教师自身的主观能动性。一个缺乏自我成长动力和自我发展能力的教师，外在条件再好也无法促使他成长。

　　那么，构成一个教师自我发展能力的主要因素是什么呢？

　　一是具有学习能力。一个人不仅要养成坚持自主学习的习惯，而且要具有自主学习的能力。能通过自主学习不断更新自己的知识体系，不断拓展自己的知识视野，不断增强自己的理解能力、思辨能力和批判能力，从而不断增强自己分析问题和解决问题的能力。

二是具有反思能力。我们不仅要养成反思的习惯，而且要不断提高自己反思的水平。教育工作的成败得失，来自对教育规律认识的程度，通过反思找到其中的原因，从而不断加深对教育规律的把握，不断推动自己从感性状态进入理性状态，从必然王国进入自由王国，从教书匠成为教育专家。

三是具有研究能力。我们要不断地用科学的教育理论武装自己的头脑，在教育实践中不断探索，不断创新。不断探索新的教育方法，不断提出新的教育模式，不断总结新的教育规律，从而不断提升自己的专业化水平。

总之，教师的成长既离不开教育发展的大环境，更离不开教师个人的努力。教师自身的发展能力是推动教师成长的主要力量。

04. 在选择中发展，在发展中完善

　　浙江省教育厅于 2010 年 12 月 7 日印发了《浙江省中小学教师专业发展培训若干规定（试行）》，除了对教师的培训学时做出新的规定外，还在培训项目、培训内容、培训方式和培训时间等方面进行了比较大的改革，鼓励教师自己选择培训项目、培训内容和培训方式。这是我省中小学教师培训工作的一次重大变革，广大中小学教师务必以此为契机，更新观念，选择好自己的培训项目，加快自己的专业化发展进程。

　　选择培训就是选择发展。教师不仅要学会选择，而且要善于选择。只有选择最适合自己的培训项目、培训内容和培训方式，才能使自己迅速成长。因此，教师在平时就必须带着"问题"去工作，参加培训的目的就是帮助自己解决更多的"问题"。

　　胡适先生说过，一个人总得带一两个麻

烦而有趣味的问题在身边做伴。因为问题是一切知识学问的来源，活的学问、活的知识，都是为了解答实际上的困难或理论上的困难而得来的。只要有问题跟着你，你就不会偷懒了，你就会继续有知识上的长进了。

人生处处有问题，善思好问，积极去面对自己周围的世界，只要持之以恒，不回避问题与困难，深思熟虑，实践总结，我们的思想、态度就会随着问题的一个个解决而变得日益成熟。随着问题的不断解决，我们就不会惧怕问题，就会逐渐从"问题找你"变成"你找问题"，这是一个人超越自己的开始。

教师没有"问题"并不代表专业化水平高，有"问题"也不代表专业化水平低。教师在工作中不断发现"问题"，是对教育无限忠诚和执着追求的表现。教育是不断变化的，我们的教育对象、教育内容、教育环境、教育手段等都在不断变化，会不断地出现新的"教育问题"，需要广大教师执着地去探索，去研究，去解决。

当然，由于各种原因，每位教师所面临的"问题"或许是不同的，所以，每位教师所要努力的方面和发展的目标也是不同的，这就需要每位教师根据自身的实际，做出准确的判断，选择最适合自己发展的培训项目，不断增强自己解决教育问题的能力，最大限度地促进自己的专业发展。

05. 教师要在反思中成长

　　美国心理学家波斯纳提出过教师成长的一个公式：经验＋反思＝成长。可见，在心理学家看来，反思对教师的成长是至关重要的。

　　首先，教师要不断进行自我反思，反思自己的成败得失，总结自己的成功经验和失败教训，不断提高自己的教育理论水平和教育实践水平。但在现实生活中，确实有不会自我反思的教师，他们总是把自己的平庸乃至工作的失败归因于学生素质差、教学条件差、机遇不好等外在因素，因此抱怨不断，导致工作缺乏热情，不努力，不愉快，不进步，并形成恶性循环。其实，教育是一项复杂的工作，教师要经常对自己的教育观念、教育行为、教育效果进行反思，总结经验，发扬光大；找出问题，吸取教训；转变观念，改进方法。教师要多为成功找方法，少为失败找理由，努力争取自己的成长和成功。

其次，教师还要不断反思他人，认真吸取他人的经验和教训。教育是有规律的，对于他人的成败得失，只要你用心去反思，就会发现教育的真谛和规律，从而使你有所收获、有所提高、有所发展。通过不断反思，别人的成功经验或失败教训，就会成为你的一笔宝贵的精神财富，成为你工作的永不枯竭的智慧源泉。

当然，教育反思是一个过程，而且是一个漫长的过程，不能寄希望于一朝一夕，也不可能一劳永逸。在整个反思过程中，教师会有顿悟的愉悦，也会有苦苦思索的痛苦，但只要你有信心和耐心，坚持不懈，持之以恒，最终会有化蛹成蝶的效果。

反思是教师成长的推进器，是教师成功的秘诀之一。

06. 教师既要修业，也要进德

作为专业人员，教师应该不断修业，才能不断发展；同时，教师也是一份充满道德感的职业，应该不断进德，才能不断进步。如果说，修业是立业之本，那么，进德就是立身之本，所以，教师在修业过程中，不要忘了进德，因为两者相辅相成，相得益彰。

为师必重修业

专业是教师的立业之本，重视专业发展是教师完成教书育人使命的先决条件，所以，一般来说，无论是学校还是教师对修业都比较重视。

何谓修业？所谓修业就是提高专业水平。一般从三个方面来研修。

一是更新教育观念。教育的发展，首先是观念的发展，不同的教育观念会产生不同的教育方法，导致不同的教育结果。所以与时俱进，不断更新教育观念，是反映一个教师先进性的重要标志。

教育是为社会发展服务的，随着社会的不断进步，教育应该不断更新自己的育人模式。思想是行动的航标，要更新教育的模式，首先要更新教育观念。所以，教师要多学一点教育新理论，多读几本教育前沿著作，及时更新自己的教育思想。当前，全面培养学生的核心素养应成为每个教师的指导思想，并在教育实践中加以落实。

二是优化知识结构。知识是社会发展的产物，随着社会的不断发展，知识不断地在更新。特别是随着信息时代的来临，知识更新的速度越来越快。虽然，中小学教科书中的知识体系有相对的稳定性，但也在不断更新，教师必须紧跟时代的步伐，及时补充新的知识，不断更新自己的知识结构，不断优化自己的知识体系。教师只有具有先进的知识，才能与学生进行对话，才能在课堂教学中具有话语权，才能走进学生的心里，与学生进行心灵相通的思想交流和情感交流。

三是提升教学艺术。课堂教学是教师的看家本领，精湛的课堂教学艺术是一位优秀教师的必备条件。一位教师要想让自己在学校里挺起腰板、昂首挺胸、底气十足地做人，就必须有过硬的教学基本功，必须有很强的驾驭课堂的能力，必须有高超的课堂教学艺术，必须有独特的课堂教学风格。因此，作为一名教师，就要虚心好学，博采众长，不断学习、借鉴他人的优点，不断反思、改进自己的教学方法，不断总结、提炼自己的教学经验，不断探索、锤炼自己的教学风格，让自己成为真正的教学能手、教育专家。

为师必重进德

道德是做人的根本。有人说，师之本在德，为师必重德。作为一名教师，重视修业是没有错的，但别忽视进德。从当前我国社会发展的现状和中小学教师职业道德的现状来看，进德比修业更为重要，更为紧迫。

德国哲学家雅斯贝尔斯说，教育是一棵树摇动另一棵树，一片云推动另一片云，一个灵魂召唤另一个灵魂。但是，假如一个教师没有高尚的道德品质，没有崇高的师德和情感，靠什么去"摇动"学生，去"推动"学生，去"召唤"学生？教育无小事，事事是教育；教育无小节，节节是楷模。教师只有品德高尚，才能立己树人；只有知行合一，才能为人师表，从而引领学生健康成长，全面发展。

一是要加强道德修炼。一个人的道德修炼是一个漫长的过程，不可能一蹴而就。首先要加强学习。读书是教师专业修炼的基础，同时也是教师道德修炼的基础。一个人没有深厚的文化积淀，何谈道德修炼？专家认为，读书学习的过程，就是道德修炼、潜移默化的过程。所以，作为一名教师，就要多读古今中外的经典、名著，多与大师、巨人、智者对话，净化自己的心灵，优化自己的道德判断，提升自己的道德境界，增强自己的道德力量。"腹有诗书气自华。"读书可以让人道德完善，人格健全，人生圆满。其次要自树标杆。榜样的力量是无穷的。一个人有了自己的道德榜样，就有了自己追求的目标，就有了自己努力的方向，就有了道德自觉。而一个人一旦有了道德自觉，就会自觉践行道德规范，就能自觉增强职业操守，就能自觉恪守道德底线。所以，作为一名教师，就要把霍懋征、于漪、于永正、李吉林、吴正宪、窦桂梅、魏书生、李镇西等全国著名教师作为自己的学习榜样，不仅要学习他们修炼专业的精神，更要学习他们修炼师德的精神，让自己的心灵和道德不断得到陶冶、修炼，让自己也能拥有一份高雅的人生情怀和崇高的道德境界。

二是要增强事业心。事业心要以责任心为基础，缺乏责任心，就谈不上什么事业心。可见,事业心是责任心的升华。一个人有责任心,就可以把工作做好;而一个人有事业心,就会把工作做优,甚至把工作做成一项事业。可以说,事业心是一个教师道德品质的体现,是衡量一个教师道德水平的重要标准。所以,凡是有事业心的人,肯定是具有崇高的职业道德的人。有人说,一个人之所以能够受到他人的称赞和社会的褒奖,就是因为他具有能够牺牲自己的利益,为他人和社会做出重要贡献的品质,而强烈的事业心正是这样的一种品质。所以,一个教师一旦树立自己的教育理想、教育信念和教育追求,就会激发出强烈的事业心,就会把为国家、为社会培养优秀的人才视为己任,从而全身心投入教育教学工作中,并不断追求改革、创新、完善,培养出最好的学生,同时也成就最好的自己。

07. 守住我们的底线

　　教师的职业底线是什么？

　　有人说是诚信，有人说是热爱学生，有人说是敬业爱岗，也有人说是不体罚学生，还有人说是守住清贫，等等，不一而足，可谓众说纷纭，莫衷一是。

　　笔者认为，教师的职业底线是四个字：教书育人。

　　有人认为这太简单了，其实不然。一个教师要把书教好，把学生育好，真的很不容易，有些人当了一辈子的教师也没有达到这个境界。教书育人，既是教师的职业底线，也是教师的职业理想境界。大家想想，作为一名教师，如果连书都教不好，学生也育不好，还配当教师吗？

　　伟大的教育家陶行知先生有一句名言：学高为师，身正为范。教师不仅要有丰富的知识，还要有精湛的教学艺术和高超的育人艺术,更要有崇高的道德品质,只有这样,才能教好书,育好人。所以,教好书,育好人,这是对教师的最低要求。

其实,教好书,育好人,是由教师的职业性质所决定的。只要你是一名教师,就要努力教好书,而要把书教好,你就必须学而不厌,博览群书,刻苦钻研,精益求精,精通学科知识,熟悉教学规律,掌握教学方法,讲究教学艺术,促进每位学生的发展。只要你是一名教师,你就必须遵守法律法规和社会公德,敬业爱岗,诲人不倦,真心实意地关爱每位学生,了解学生的性格和心理,熟悉学生的长处和短处,掌握育人的方法和技巧,从而春风化雨般地育人。

守住教师"教书育人"这条底线,说好自己该说的话,做好自己该做的事,教好自己该教的书,育好自己该育的学生。如果每位教师都能认真努力地这样去做,我们的教育就有希望,我们的教师就能问心无愧。

08.教师要让自己静下心来

当今社会物欲横流，许多人患上了心浮气躁的时代病。一些教师也未能幸免，无法静下心来从事教育工作，既影响了自己教育工作的质量，也降低了自己从事教育工作的热情和幸福感，从而影响了自己的生活质量。

教师的工作性质和特点需要教师静下心来，认认真真地备好每一节课，认认真真地上好每一节课，认认真真地批改好每一本作业，认认真真地倾听学生对自己说的每一句话，认认真真地与学生对话、沟通。但是，现实的情况是，有一些教师，无法抵御现实世界的各种诱惑，一天到晚想的是房子、车子、票子、位子，对工作心不在焉、敷衍了事，其工作结果自然可想而知，既教不好书，也育不好人。

教师要履行好自己教书育人的神圣职

责，必须先让自己浮躁的心静下来，让自己骚动的心安下来，放下身边的琐事，看淡利害得失，审视一下自己的工作，反思一下自己的教学，总结一下自己的工作经验，提升一下自己的专业素养。

教师要静下心来读书。不少专家感叹，现在中小学校的怪现象之一是许多教师不读书。作为知识分子的中小学教师都不读书，确实让人诟病。因为教师不仅是科学文化知识的传承者，而且应该是科学文化知识的创新者，读书应是中小学教师生活和工作的一部分。中小学教师只有与书为友，认真读书，才能不断丰富自己的知识储备，才能不断拓展自己的知识视野，才能不断优化自己的知识结构，才能满足日益增长的学生的求知欲望，才能适应日益提高的教学要求。所以，教师务必排除杂念，专心致志地多读书，这不仅仅是积累知识，也是增强能力，提升智慧。

教师要静下心来教学。教师的教学工作容不得半点马虎。备课、上课、辅导、改作业等一系列工作，都必须一丝不苟、精益求精。教师只有静下心来，心无旁骛，才能将自己的知识、经验、智慧和灵感全部集中调动起来，开展创造性的教学活动，取得最优化的教学效果。

教师要静下心来反思。教师的工作贵在反思，没有反思，就不会进步；教师的专业贵在反思，没有反思，就不会发展。反思是教师成长的推进器。叶澜教授曾说，一个教师写一辈子教案不一定成为名师；如果一个教师能写三年反思就有可能成为名师。其实，这也是名师成长的必由之路。但是，教师要进行反思，必须做到心静。古人认为，宁静致远，非静无以成学。教师只有静下心来，才能对自己的教学工作进行认真反思。反思自己成功的教学情境，反思自己失败的教学案例，总结自己教学之所以成功的经验，剖析自己教学之所以失败的教训，使自己的教学工作不断从感性上升到理性，从经验上升到规律，从而不断推动自己的专业素养向更高的境界迈进。

　　让自己静下心来，工作也许就是另外一番景象，生活也许就是另外一番景致。教师静下心来，受益的是学生，而最终受益的还是教师自己。教师只有静下心来，才能细细品味当教师的充实、快乐和幸福，才能做一个幸福的教师。

09. 跨越"高原"

　　上海市洋泾中学李海林校长通过对一百〇八名教师的调查研究，发现一名教师从职初教师到称职教师再到优秀教师，至少需要经历两次"成长"。教师入职后差不多都能自动完成第一次专业成长，从适应阶段进入称职阶段，然后几乎每个教师都会经历高原期，即教师专业的平稳发展期，而且只有百分之十五左右的教师能跨越高原期成为优秀教师。

　　无数事例已经证明，中小学教师的专业"高原现象"是普遍存在的，而大多数教师因为未能跨过"高原期"导致专业水平徘徊不前。所以，一个教师要在专业上不断发展，就必须跨过"高原期"这个坎，完成"第二次成长"。

　　那么，中小学教师在经历"高原期"时，如何突破自我，迎难而上，进入新的专业成长阶段呢？

李海林校长认为，一个教师从称职到优秀的秘诀：一是读书，这是"二次成长"的必经之路；二是反思，这是"二次成长"的常规方式；三是课例研讨，这是"二次成长"的有效途径；四是研讨会，这是促进教师走向成熟的重要契机；五是课题研究，这是教师突破专业发展瓶颈的重要方式；六是专家引领，这是教师专业发展的指路灯；七是著书立说，这是教师专业成长的重要台阶和标志。

笔者认为，一个普通教师要想跨过"高原期"，至少必须从三个方面去着力。

一是坚定自己的职业信念。专家认为，教师的职业信念是教师自己选择、自己认可并确信不疑的职业理念、职业理想和职业追求。一个有职业信念的教师，必然是一个有强烈使命感和事业心的教师，并始终把教书育人，成为一名优秀教师，作为自己的神圣使命和事业追求。这样的教师会永远保持坚强的职业韧性，永远不知疲倦，永远不产生职业倦怠，而且总是想尽办法克服困难，突破桎梏，超越自我，不断地向更高的目标迈进。这种强烈的责任感和事业心会为教师的专业成长和事业发展源源不断地提供驱动力。

二是坚持读书学习。法国思想家罗曼·罗兰说过："成年人慢慢被时代淘汰的最大原因，不是年龄的增长，而是学习热忱的减退。"一个教师停止了成长，很大的原因是停止了读书学习。所以，一个有志于成为一名优秀教师的普通教师一旦职业生涯进入了"高原期"，就要积极面对，冷静思考，客观地分析自己的情况，积极寻找产生这一现象的原因，及时调整自己的情绪和策略，调动内在的学习动机，通过读书学习，寻找专业成长的生长点和突破发展瓶颈的良方。有人说，跨越"高原期"的阅读，不要有太强的功利性，而是要"只问耕耘，不问收获"，要锲而不舍，持之以恒，这样终会有拨云见日的一天。李海林校长把读书作为跨越"高原期"的必由之路是很有道理的。

三是坚持教学反思。华东师范大学叶澜教授说过，一个教师写一辈子教案不一定成为名师；如果一个教师能写三年反思就有可能成为名师。可见，教学反思对一名教师的成长是多么重要。有人说，"高原现象"就像体育长跑中出现的"极点"现象，而写教学反思就是不断地冲击教师的这个"极点"，教学反思写多了，就能跨越"极点"，进入教师专业发展的新阶段，实现教师的"第二次成长"，达到"众里寻他千百度，蓦然回首，那人却在灯火阑珊处"的境界，此时，作为一名教师，自会有脱胎换骨、破茧成蝶之感，享受职业成就带来的自豪和幸福。

10. 教师要走出"推磨式"职业怪圈

所谓"推磨式",是指推一推才动一动,不推就不动,而且即使动也总是沿着固定的轨迹。在中小学校,有的教师无论是教学工作还是业务学习,都处于一种被动状态,推一推,动一动,而且敷衍了事,应付检查而已。一个教师如果处于这种"推磨式"的工作和学习状态,其工作效果如何,其专业发展如何,自然可想而知。

一个教师想要在工作上有所作为,想要在专业上有所发展,尽到自己作为一名人民教师的神圣职责,就要尽快走出这种"推磨式"的职业怪圈,尽早摆脱这种被动的学习和工作状态,早规划,早行动,让自己的教学工作和专业学习与时俱进,走在他人前面,赢得主动。

一是走出被动阅读状态。有的教师没有养成阅读的习惯,平时即使有空闲的时间,也不愿静下心来读几本书。只有当学校对教师提出读书要求并要进行检查时，才会被动地去读几页书，而且也完全是任务意识，为了应付检查而已。这样读书，无论对工作还是对专业发展都不会有多大作用。心理学告诉我们，效果与动机相关，有什么样的动机就会有什么样的行为，有什么样的行为就会有什么样的效果。读书的动机不纯，其效果也就可想而知了。所以，一个教师，真想让自己在工作上有所作为，在专业上有所发展，就要养成主动学习的习惯，如饥似渴地学习新理论、新观念、新方法，吸收他人的成功经验，不断提升自己的专业素养，不断提高自己的教育水平。

二是走出被动反思的状态。有的教师对待自己的工作不上心，得过且过，对自己的工作从不去反思，对教学的成败也不会去总结。这样，工作怎么会进步？专业怎么会发展？一个教师要想工作有所作为，专业有所发展，就要养成主动反思的习惯。每天对自己工作的成败得失好好地反思一番，总结成功的经验和失败的教训，这样，自己的专业水平才会不断提升，工作能力才会不断增强，工作成效才会不断提高。

三是走出被动写作的状态。一个教师的专业要不断发展，就要养成主动写作的习惯。有的教师平时从来不写作，只是在学校要求下或出于其他功利的目的，才会写一点工作总结，写一两篇教学论文，一旦任务完成或目的达到，就不再动笔墨。许多专家认为，写作是教师专业发展的重要手段，是名师成长的推进器。一个普通教师，要是能不时地写写文章，反思一下自己的教育工作，总结一下自己的教学经验，阐发一下自己的教育见解，不仅可以不断提高自己的写作水平，而且可以不断提高自己的专业水平和工作质量。

四是走出被动研究的状态。有的教师对自己从事的教育工作从没有进行探索研究的意识，当学校对教师提出课题研究或论文要求时，就仓促上马，随便申报一个课题。课题申报以后，就万事大吉了，等结题时间到了，就东拼西凑地搞出一篇所谓课题研究报告或论文应付了事。这样的所谓"研究"纯粹是浪费时间，对教师本人的教育工作和专业成长没有多少促进作用。其实，教师每天所面对的教育工作与学生的学习和成长，会有许多新的挑战、困难和问题，如果你是一个真正热爱教育工作、热爱学生的有心人，面对这些挑战、困难和问题，一定会激起探索研究的冲动，一定会好好地去思考、研究这些问题，探索教育的方法，寻找教学的对策，总结教育的规律。所以，研究学生、研究教学、探索教育规律应该成为自己的自觉行动。被动研究与主动研究，其结果是完全不同的，对教师本人的工作进步和专业成长的作用也有天壤之别。

11. 教师要学会宽容

全国著名特级教师、北京景山学校霍懋征老师生前有一句名言："宽容比惩罚更有力量。"宽容是一种温柔的力量，它可以穿透人的心灵。

学生犯了错误，大多数会后悔，希望得到宽容和谅解，有些学生只要在这时候被老师拉一把，就能成为好学生，如果老师不懂得宽容，不注意教育方法，不拉他一把，可能就毁了一个人，甚至酿成悲剧。

在中小学，教师的心理焦虑程度普遍比较高，对学生所犯的错误看得比较重，甚至予以放大。其结果是对学生往往严厉有余，宽容不足，师生矛盾冲突不断，恶性事件也时有发生，这不能不引起我们的反思。

学生犯了错误，固然要加以教育，但应该如何掌握其中的火候与分寸，采取什么策略，都大有讲究。有时，教师的宽容也不失为一种教育良策。

学会宽容是教师对学生个性的理解和尊重。中小学生其实还是孩子，由于心智和思想还不成熟，他们的心理自控能力和是非辨别能力还不强，难免会犯一些错误。但是，面对学生的错误，我们首先要认真分析他们是做错事还是存心干坏事。如果是前者，我们就要学会宽容；即使是后者，我们也要晓之以理，动之以情，循循善诱，耐心地启发引导他们认识并改正错误。

学会宽容是教师的博大胸怀和气度的体现。面对几十个淘气甚至顽皮的孩子，教师难免会有焦虑与不安，特别是那些责任感、荣誉感比较强的教师，更容易急躁，更容易抱着恨铁不成钢的心理来看待学生，眼里容不得一粒沙子，对学生求全责备，学生动辄得咎。其实，如果学生犯一点错误，教师就厉声斥责，甚至严厉处罚，教育的效果可能会适得其反。从孩子的成长规律来看，犯错误是正常的，孩子就是在不断地犯错中成长起来的，我们成年人哪一个不是这样过来的？我们宽容学生的过失甚至错误，并不是姑息迁就学生，而是采取和风细雨的教育方法督促学生认识并改正错误，体现教师的博大胸怀和一份浓浓的爱心。

学会宽容是教师的教育智慧和艺术的表现。教育不仅需要爱心，也需要智慧和艺术。有智慧的教育能机智地解决教育问题，有艺术的教育能让学生如沐春风。作为一名教师，要不断学习，不断反思，不断创新，不断提升自己的教育智慧，不断锤炼自己的教育艺术。大家熟知的陶行知先生的"四颗糖"的故事，就是运用教育智慧和艺术解决学生问题的典范。当我们遇到教育难题时，不要急躁，不要武断，不妨冷静地思考，留出决策的时间与空间，运用教育智慧，艺术地化解矛盾与问题。学会宽容，其实就是给自己腾出时间与空间，寻找解决问题的最佳方案,同时也是给学生留出反思自己的言行,认识并改正错误的时间与空间。

教师宽容了学生,其实也是宽容了自己;快乐了学生,其实也是快乐了自己。

宽容是教师照射进学生心灵的一束阳光。

12. 青年教师要学会自我管理

人活在世上，有各种各样的人生。有的人浑浑噩噩，得过且过，一辈子一事无成，虚度一生；有的人则勤勉努力，奋斗不止，或建功立业，或著书立说，名垂青史，流芳百世。人生的不同，来自人生观、价值观的不同。而人生观、价值观的不同又导致了对人生经营的不同。人生是需要经营的，一个不知道如何去经营自己的人生的人，其人生必然是没有方向、没有目标、没有重点的，当然也是没有成就、没有前途的。

但经营人生，是一门学问，而且是一门需要认真思考和研究的学问，需要一个人为之付出自己的意志、决心、毅力、智慧和行动。

青年教师代表着我国教育的未来，青年教师的素养标志着我国未来教育的高度。所以，让青年教师学会自我管理，一步一个脚印地在正确的轨道上成长和发展，是我国教育事业可持续发展的重要保证。

青年教师要学会目标管理。人生要有规划，要根据自己的实际情况制定自己的奋斗目标。没有目标，就没有努力的方向，就没有努力的动力。对一个青年教师来说，成为一名优秀的教师乃至成为一名教育名家，应该作为自己努力的目标和人生的追求。

人生有无规划，人生的结局往往大不相同。互联网上有一个案例，美国哈佛大学曾经做过一个关于目标对人生影响的跟踪调查，调查二千名毕业生的人生目标，得到这样的统计结果：百分之三的人有清晰而长远的人生目标；百分之十的人有清晰但比较短期的人生目标；百分之六十的人有人生目标，但目标模糊；百分之二十七的人没有人生目标。二十五年过去后，再次采访这些受调查者时，发现那百分之三的人，他们朝着一个方向不懈努力，几乎都成为社会各界的成功人士，其中不乏行业领袖、社会精英；那百分之十的人，他们的短期目标不断实现，成为各个领域中的专业人士，大都生活在社会的中上层；那百分之六十的人，他们安稳地工作与生活，但大都没有什么特别的成绩，几乎都生活在社会的中下层；而那百分之二十七没有人生目标的人，过得很不如意，并且常常抱怨他人，抱怨社会。可见，人生规划对一个人的成长有多么重要。

人生要有规划，就要设立人生发展目标。目标要有十年以上的长期目标，三至五年的中期目标，一至两年的短期目标。长期目标可以让一个人有明确的努力方向；中期目标可以让一个人的行动得到持续；短期目标则能让一个人一步步实现小的成功，从而走向一个大的成功。目标就是人生的方向。

一个人有了人生目标，就要不断地为实现目标而努力，持之以恒，不怕挫折,克服困难,自强不息。天上不会掉馅饼,任何一个人都不会随随便便就能成功。有人说,世界上有梦想的人太多太多,每天生活在不同梦想里的人也太多太多,但每天能坚守一个梦想的人却不多。俗话说,无心人常立志,有心人立长志。我们这个世界,不是缺少有梦想的人,而是缺少百折不挠地追求梦想的人。因此,青年教师要对自己设定的目标进行细化,要有计划性,让自己明白,要做哪些具体的事情来实现自己的发展目标。也许你最终无法实现所有的目标,但与没有目标而盲目地甚至无聊地生活相比,肯定要飞得更高,走得更远。古人说:"取法于上,仅得为中;取法于中,故其为下。"讲的就是这个道理。在我们这个社会上,有许多人一生只做一件事,并把这件事做到了极致,而这一件事也成就了他们的一生。这是很值得我们深思的。

青年教师要学会时间管理。设定人生发展目标,仅仅是人生规划的第一步,要达成目标,还要靠平时点点滴滴的努力,而时间管理就成了关键。老天爷是公平的,每个人每天都只拥有二十四个小时,但如何利用这二十四个小时,却是一门学问。有人说,一天二十四个小时,八小时工作,八小时睡眠,八小时休闲,而人与人之间的差距就在这用于休闲的八小时上。虽然你每天也许仅仅比别人多那么一点时间用在学习上,用在专业的发展上,用在事业的追求上,但日积月累,十多年甚至几十年下来,别人与你的差距可能就会很大。那时,你就会有"会当凌绝顶,一览众山小"的感觉,享受自己成长的喜悦和成功的快乐与自豪。

青年教师还要学会情绪管理。人是情感的动物。每个人都有七情六欲,都会有喜怒哀乐,都会有生活和工作的压力,都会有情绪波动的时候,关键是看你怎么去应付,怎么去控制,怎么去化解。其实,从心理学角度来看,压力或情绪并非都是消极的,适当的压力或情绪反倒还有助力于人的潜能的发挥。

面对压力,是正视还是退缩,面对情绪波动,是加以控制还是任凭发泄,这取决于我们个人的人格力量。在现实生活中,在压力面前,有的人积极乐观,迎难而上,克服困难,不断成长;有的人则手足无措,怨天尤人,牢骚满腹,悲观逃避,一事无成。面对情绪,有的人及时控制,自我约束,适度宣泄,并因势利导,化消极情绪为积极情感;有的人则心理失衡,愤怒、沮丧、忧郁、焦虑、自暴自弃,甚至做出一些过激的行为,把自己的生活搞得一团糟。所以,一个人能否驾驭压力,管理情绪,是判断一个人能否成就事业,实现人生目标,成为更加优秀完美的自我的重要标志。

无数事例证明,那些真正优秀的教师,有一个共同的特点,就是善于管理自己。他们都有明确的目标追求,都有脚踏实地并坚持不懈的品质意志,坚持每天读书学习,坚持写教学反思,每天工作、生活井然有序,性格自信乐观,胸怀宽广,追求自我的不断完善。青年教师都应该从这些优秀教师身上汲取更多成长的经验和发展的力量。

13. 教师要学会研究学生

　　教师应该研究什么？一般人都会这么回答：研究教学。没错，教学是应该研究，但是光研究教学，是远远不够的。如果教师只是研究教学，而忽视对自己教育对象本身的研究，其结果可能只是缘木求鱼，南辕北辙。笔者发现一个很有趣的现象，那些著名的教师有一个共同的特点，就是很善于研究学生。他们研究教学是建立在对学生的深入研究基础上的。所以，一个教师要想做好自己的工作，成为一名称职的教师，就必须去研究学生。只有研究学生，才能真正了解学生；只有了解学生，才能真正做到因材施教。

　　那么，我们应该如何研究学生呢？

　　一是研究学生的群体特点。不同年龄阶段的学生，身心特点各不相同，教师要根据自己的教育对象，分析研究其身心特点，只有把学生的群体特征研究透了，才能采用正确的教育方法，选择科学的教学手段。

二是研究学生的成长轨迹。不同的学生来自不同的家庭，具有不同的家庭背景，从而具有不同的成长轨迹。而不同的成长轨迹，又会促使学生形成不同的性格特点和思想态度。教师要善于从学生的成长轨迹中寻求教育的突破口，找到开"锁"的钥匙。

三是研究学生的兴趣特长和发展潜能。学生的兴趣特长蕴含着学生的兴奋点和发展潜能，教师只有充分了解学生的兴趣特长和发展潜能，才能正确选择教学内容和教学方法，从而极大地激发学生的学习积极性和主动性，促进学生的发展。

四是研究学生的心理需求和理想追求。学生既有群体的心理需求和理想追求，也有个体的心理需求和理想追求，因此，教师既要重视学生的年龄特征，关注他们共同的心理需求和理想追求。同时，也要分析不同性别、不同年龄阶段、不同家庭背景、不同性格特征学生的独特的心理需求和理想追求。我们的教育只有满足了学生的愿望，激活了学生的理想，才能激发起学生满腔的学习热情，才能形成强大的力量，推动学生成长，引领学生走向成熟。

总之，学生是我们的教育对象，更是我们的研究对象，研究学生就是研究教育的本源问题。我们只有用心研究自己的学生，了解学生的方方面面，才能遵循教育规律，才能选择正确的教学方法，才能真正做到有的放矢，因材施教，才能构建和谐的师生关系，才能真正实现教学相长。

14. 在研究中成长

　　有人曾经做过调研,发现在中小学中专业成长最快的教师既不是教务主任,也不是教研组长,而是教科室主任。由于工作岗位和职责的关系,教科室主任必须比其他教师学习更多的教育理论,思考更多的教育教学问题,并必须以科研的眼光去看待这些问题,而且还必须用科学的方法去研究、解决这些问题。所以,教科室主任几乎每天都在理论与实践之间游走,不停地思考理论与实践之间的联系,去把握教育教学的规律,从而不断推动自己从感性走向理性,从经验上升到规律,从自然王国走向自由王国,实现从一般教师到名师的蜕变。教育研究是教师成长的"催化剂"。

　　那么,一名普通教师应该如何开展教育研究呢?笔者认为可以从以下几个方面入手。

一是开展课前学情分析。教师要养成做课前学情分析的习惯。教学首先要解决"教什么"这个问题，备课的目的就是落实"教什么"。要解决好"教什么"的问题，必须对学生的学情进行细致的分析，这样，你的备课才会有针对性，才会有的放矢。有的教师，备课就照抄教学参考书，这种"备课"根本谈不上"备"，只能说是"抄课"。所谓课前学情分析，就是一方面要备学生，另一方面还要备教材，这样才能解决"教什么"的问题。

二是要努力上出不一样的课。这里所说的"不一样"，一是要与别人上的课不一样，二是还要与自己以前上的课不一样。上课是解决"怎么教"的问题。一个教师如果有研究的意识，就不会满足于现状，就会不断追求突破，追求创新，就会追求每次上课有改进。哲学告诉我们，自我否定是创新的开始。许多名师成长的案例证明，教师敢于自我否定，不满足已有的成绩，是自我成长的动力之一。上出不一样的课，其实就是一种探索的精神，其实就是一种研究的行为。

三是要坚持写教学反思。课堂教学无论成败得失，都有值得总结反思的东西。一个在事业上有追求的教师，绝不会放弃反思的机会。有专家说，反思每一堂课的教学过程应该成为教师的工作常规，它不仅有助于教师教学水平的逐步提高，并能帮助教师及时发现自己的优势与特色所在，使之逐渐凝聚成具有个性特色的经验，而且将有助于教师提高发现问题的敏锐性，从而为开展进一步的科学研究，使个体化的经验上升为具有普遍意义的教学原理提供了前提条件和坚实基础。因此，一个教师能坚持写教学反思，就能不断优化其课堂教学，从而不断走向成熟，不断走向优秀。这样的教师，就很自然地把自己的教学工作纳入行动研究之中了，实现了教学与研究的深度融合，良性发展。

四是要树立一个标杆。每个教师都要有自己学习的榜样，这样，自己的工作才会有方向，自己的教学才会有目标。全国各地有许多名师，教师要根据自己的学科和特点，选择一两位名师作为自己学习的对象，听他们的课，看他们的课堂教学视频，听他们的报告讲座，读他们的文章和著作，研究他们的教学特点，学习他们的教学经验，取长补短，扬长避短。学习的过程，其实就是研究的过程，让自己在学习中研究，在研究中学习，慢慢地，自己就在不知不觉之中成长了，发展了。蓦然回首，就会有一种登高望远，一览众山小的感觉。

五是要坚持写教育故事。教师每天生活在校园里，每天与学生在一起，而校园故事每天都在发生，有些校园故事还相当精彩。如果教师能对发生在自己身边的校园故事多留意，多上心，拿起笔，及时进行记录，加以描述，加以提炼，加以评点，也不失为一种教育研究，而且是一种非常简便而又有效的研究。这种研究，看似随意，看似比较简单，其实也需要教师具备敏锐的眼光，具备一定的理论素养，具备相当的写作水准，具备科学的教育观。教育故事就是教师自己教育生涯的脚印，写教育故事的过程，其实就是一个教师在记录自己的教育人生，在书写自己的成长轨迹。撰写教育故事，问题就是课题，工作就是研究，故事就是成果。所以，这是一个普通教师最容易做而且对教师专业成长最有效的一种自然研究。

我们是否可以这样说，一个教师如果始终能带着探索的眼光、研究的意识去学习，去教学，去反思，去总结，那么，几十年甚至十几年以后，他很可能就成为一个名师，即使他还成不了名师，那他离名师的距离也绝不会太远。

15. 教师要用心锤炼自己的教学语言

　　语言是人们交流思想的工具，也是教师进行课堂教学的重要工具之一。教学语言是教师最基本的教学技能。苏联教育家苏霍姆林斯基说："教师的言语——是一种什么也代替不了的影响学生心灵的工具。教育的艺术首先包括说话的艺术，同人心交流的艺术。"在中小学校，不同的教师讲授同样的内容，却往往得到不同的教学效果。有的教师寥寥数语就能让学生心领神会，了然于胸；有的教师洋洋千言却使学生云里雾里，不得要领。可见，教师的语言素养在很大程度上决定着学生在课堂上学习的质量和效率。我们可以这样说，教师锤炼自己的教学语言，提高自己的语言素养和课堂教学的语言艺术水平，是提高课堂教学质量的重要环节。

　　一是要追求语言的丰富性。教师要想自己的语言丰富多彩，就要多读书，扩大自己的知识面，努力丰富自己的语汇和句式，学会多样性的语言表达方式，并灵活运用。

二是要追求语言的准确性。课堂教学语言具有教育性，必须科学准确地传达正确的思想、观念和判断。因此，教师的课堂语言不能含糊不清，不能词不达意，不能模棱两可，必须用准确的语言传授知识、概念、判断和原理，必须凝练准确地表达自己的思想和感情。

三是要追求语言的流畅性。课堂教学是语言的艺术，不允许教师的语言是断断续续、语无伦次、前言不搭后语的，而必须是条理清晰、逻辑严密的，有如穿针引线，有如行云流水。

四是要追求语言的生动性。生动性是对教师课堂教学语言的基本要求。课堂教学是教师与学生之间互动的重要平台，语言是师生之间沟通的最重要的媒介，教师的教学语言的生动性无疑决定着师生互动的效果。因此，在课堂教学过程中，教师必须努力使自己的教学语言形象化，付诸感情，并风趣诗意地加以表达，让学生如沐春风，如饮甘霖。这样的课堂教学，对学生来说，既是知识的学习，又是语言的训练；既是情感的陶冶，又是艺术的享受。

五是要追求语言的独特性。每位教师都是一个独特的个体，都有自己的知识结构、思维特征和语言特点。教师要扬长避短，充分发挥自己语言的独特性，努力形成自己的教学语言风格，取得独到的教学和育人效果。

课堂教学是教师语言艺术的集中体现。作为一名教师，要用心锤炼自己的教学语言，通过多读、多写、多说，不断提高自己的语言素养，不断提高自己语言艺术表达的能力，使自己真正成为教学的名家。

16. 做一把开"心"的钥匙

俗话说，知人要知心。其实，育人同样要知心。作为一名教师，不仅要教书，更要育人。但育人要育心，而育心要先知"心"。只有充分地了解学生，才能走进学生的心里，才能与学生进行心与心的对话与交流，才能引领学生的成长和发展。

首先，教师要充分地了解学生的家庭背景情况。每个学生都有自己独一无二的家庭背景和生活环境，从而造就了一个个独一无二的个体。父母是孩子的第一任老师，也是孩子的终身老师，家庭环境对孩子的影响可谓深远。作为一名教师，不了解学生的家庭背景，不了解学生从小生活的家庭环境，你就无法破译学生内心的密码，当然也就无法走进学生的心灵。只有充分了解学生的家庭背景和生活环境，你才能真正了解学生的性格特征及其形成原因，才能因势利导地加以教育。

　　其次，教师要充分地了解学生的兴趣爱好和特长。兴趣爱好和特长是学生个性的表现，也是学生保持健康心理的重要因素。有自己的兴趣爱好和特长的学生，往往比较独立、比较自信、心理比较健康、人格比较健全。充分了解并保护学生的兴趣爱好，发展学生的特长，不仅是教师的责任，而且是教师走进学生心灵，引导学生发展的重要手段。

　　此外，教师要充分了解学生的心理需求。不同的学生心理需求是不同的，不同阶段的学生心理需求也是不同的。当学生遇到困难的时候，教师要及时予以帮助；当学生与同学产生矛盾的时候，教师要及时帮助化解；当学生有进步的时候，教师要及时予以鼓励；当学生犯了错误的时候，教师要耐心冷静地晓之以理，动之以情，及时教育、引导他们改正。只有让学生感受到你的真心、爱心和温暖，学生才会与你交心，才会向你敞开他的心扉。同时，教师也要敞开自己的心扉，与学生进行心与心的交流，做到"心心相印"，让师生心往一处想，劲往一处使，只有这样，才能消除师生间的隔阂，才能真正打开学生的心灵世界，才能真正走进学生的心里，才能有的放矢地对学生进行教育与引导，才能真正成为学生成长的导师。

　　要教育好学生，必须先读懂学生的"心"。读懂了学生的"心"，也就找到了开"心"的钥匙。

17. 做一个有思想的教师

　　教师的任务是教书育人。教师既是文化知识的传承者，又是思想观念的传播者，同时也是学生人格的塑造者和学生成长的引领者。可见，教师不仅要有丰富的文化知识，要有健全独立的人格，还要有正确的世界观、教育观和价值观。教师不仅要努力成为一个知识丰富的人，更要努力成为一个有思想的人。只有成为有思想的教师，才能把知识转化为智慧和力量；才能以激情点燃激情，以思想引领思想，以心灵感召心灵，以生命感动生命；才能使自己的课堂成为学生驰骋思想、放飞理想、净化心灵的精神家园。

　　那么，怎样使自己成为一个有思想的教师呢？笔者认为可以从以下几个方面做出努力。

　　一是要坚持学习。读书学习的过程就是教师提升自身"思想"的过程，而丰富渊博的知识是一个教师可持续发展的基础。孔子说："学而不厌,诲人不倦。"文化知识和思想都是在不断发展的。教师只有不断学习,不断更新自己的文化知识和思想观念,才能与时俱进,才能引领学生的发展。可见,"学而不厌"是"诲人不倦"的前提,没有"学而不厌","诲人不倦"就会成为"毁人不倦"。

二是要善于思考。孔子说："学而不思则罔,思而不学则殆。"学习与思考是一个问题的两面,两者互为因果,相互促进。因此,教师在不断学习的过程中还要不断思考。要学会去粗取精,去伪存真;要学会由表及里,抓住本质;要学会举一反三,触类旁通。只有不断思考,才能不断发展;只有不断反思,才能不断成长。

三是要敢于质疑与批判。古人云,"尽信书则不如无书","小疑则小进,大疑则大进"。讲的都是人要敢于质疑,要具有批判精神,不能人云亦云,亦步亦趋。否则,一个人永远不会有自己的主见,不会有自己的思想,从而也就扼杀了自己的创新精神。而一个没有创新精神的教师,是不可能创造性地开展各项教育工作的。

四是要有独立的人格。人格与思想是相辅相成、相得益彰的。古人云："富贵不能淫,贫贱不能移,威武不能屈。"这就是千百年来认定的具有独立人格的标准。在现实社会中,教师会面对各种各样的诱惑和挑战,但为人师表,就要保持清醒的头脑,要坚持自己的原则,要坚守自己的理想,要出淤泥而不染,要一身正气,要以自己的人格力量影响学生,引领学生。

总之,要让我们的教育成为有智慧的教育、有个性的教育,要让我们的学生成为心灵丰满、精神充实、人格健全的人,就要让我们的教师成为有思想的教师。

18. 做一个有底气的教师

何谓底气？底气是指一个人的信心和力量。底气来自自信，自信来自实力。中小学教师要想让自己成为一个有底气的人，就要建立自己的自信，就要提升自己的核心素养，就要增强自己的实力。

一是要有学识。教师的学识来自哪里？来自阅读，广泛的阅读。一般来说，教师的知识结构包括普通文化知识、学科专业知识和教育学科知识三个方面。通常的情况是，教师对学科专业知识的学习比较重视，而比较忽视对普通文化知识和教育学科知识的学习。一些教师认为普通文化知识对科学教学作用不大，而教育学科知识即教育理论脱离实际，中看不中用。其实，这正是当前许多教师的短板。中小学教师由于自身的工作特点，需要知识广博，而不是知识渊博。这就需要广大中小学教师以书为伴，与书为友，博览群书，涉足宽泛的知识领域，尽可能地扩大自己的知识面。只有广泛阅读，才能博采众长，才能左右逢源，才能游刃有余，才能触类旁通，才能真正成为有学问的人。

同时，中小学教师要重视对教育理论的学习。认为教育理论的学习不重要，重要的是教学成绩要好，这种观点是十分错误的。其实，学习教育理论与提高教学成绩并不矛盾，两者是可以统一的。学习教育理论的目的是更加科学地开展教育工作，进一步优化教学过程，更加高效地实施课堂教学，提高教学成绩和教学效率。认为教育理论脱离教学实际的观点是缺乏科学依据的。持这种观点的人不是没有真正理解教育理论的精髓，就是缺乏理论联系实际的能力。认真读过苏霍姆林斯基等教育家的教育著作的教师都感觉到了教育理论的强大力量和魅力。有理论的浸润和指导，知识才能转化为智慧，转化为能力。具有丰富的教育理论素养的教师，才能更有眼光，更有智慧，更有自信，更有底气。

二是要有思想。一个人的思想，来自学习，来自思考，也来自探索。一个人的思想的形成是一个长期的过程，而且是与时俱进的。作为中小学教师，要有自己的教育理想和信念，对教育要有自己的认识和见解，要坚守自己的人生观、价值观、教育观、学生观和职业观，对复杂的教育工作要敢于进行富有个性的思考和充满创造性的探索。面对不断变化的教育现象和教学方式，应有自己的思考和判断，对自己的教育工作的成败得失要不断进行反思和总结，绝不能人云亦云，亦步亦趋，随大流，赶时髦，只知道埋头苦干，不知道抬头看路。在纷繁复杂的教育现象面前，要坚持实事求是，要尊重教育规律，要独立思考，要坚守真理。作为一名中小学教师，也许成不了一个思想家，但要努力成为一个独立思考者。

三是要有个性。所谓个性就是区别于他人的特点。一个有个性的教师往往具有强大的人格魅力。要想成为一名有底气的教师，就要扬长避短，充分发挥自己的特长和独特的才华，追求具有独特风格的课堂教学，展现自己独特的教育观、学生观、质量观和职业观，在学校里留下一个个让人传诵的、令人回味的、打上了独特印记的教育故事或逸闻趣事，使其成为学校文化的一部分。

个性来自自信，自信源于个性，个性与自信互为因果，相得益彰。有个性的教师往往有底气，有了底气，教师也就更有个性。

四是要有成就。这里的成就，第一是指教书的成就，第二是指育人的成就，第三是指学术的成就。有成就，才能有底气。作为一名中小学教师，首先是教学成绩要优异，在校内领先，在某个区域内处于前茅，并令人尊敬，获得同行的赞许。其次是育人成果丰硕。不仅自己师德高尚，而且所教学生品德优秀、心地善良、自尊自爱、自强不息。最后是学术研究颇有成绩。善于研究学生，善于研究教学，善于透过教育现象抓住教育本质，善于发表自己对学校教育工作的独到的看法和见解，善于总结自己的教育经验和教训，研究成果独树一帜。

总之，教师的底气来自学而不厌，来自诲人不倦，来自因势利导，来自循循善诱，来自因材施教，来自为人师表，来自与时俱进，来自自强不息，一句话，来自底蕴丰厚，内心强大。

19. 做一个有亲和力的教师

　　做一名普通教师并不难，但要成为一名学生喜欢的教师并不容易。那么，学生喜欢什么样的教师呢？学生喜欢具有亲和力的教师。

　　有亲和力的教师一般具有下面这样一些特征。

　　一是真心实意地爱学生。爱是教育的起点，也是教育的归宿。没有爱，就没有教育。教师的一切教育方式和教育内容必须建立在爱的基础上才能产生育人的效果，所以，夏丏尊说："教育上的水是什么？就是情，就是爱。教育没有了情爱，就成了无水的池，任你四方形也罢，圆形也罢，总逃不了一个空虚。"教师无条件地、真心实意地爱学生，学生也会无条件地真心喜欢教师。教师有多爱学生，学生就会有多喜欢教师。一个学生喜欢的教师，其教育没有不成功的。

二是保持一颗童心。教师与学生为伴，与学生为友，保持童心非常重要。学生天真活泼，充满童真童趣，如果教师能拥有一颗"童心"，保持一颗好奇的心，有广泛的兴趣，有时还会表现一下自己的"孩子气"，更多地会移情性地观察事物和思考问题，想学生之所想，做学生之所做，乐学生之所乐，忧学生之所忧，体察入微，感同身受，这样的教师，学生怎能不喜欢？怎能不亲近？这样的教育怎能不成功？

三是善于激励。德国教育家第斯多惠说："教学的艺术不在于传授本领，而在于激励、唤醒和鼓舞。"善于激励是教育成功的法宝，古今中外的优秀教师都是善于激励的高手。教师要善于分析和把握学生的个性特点，有的放矢地针对学生的个性进行鼓励、引导，循循善诱，及时表扬、激励，让学生感到被尊重、被认可，学生就会觉得温暖，受到鼓舞，从而激发起更强的上进心。学生的进取心一旦被唤醒，就会产生巨大的力量，战胜学习上的各种困难。

四是把课上好。上好课是教师的天职，让学生喜欢听你上的课，是教师的责任，是教师的看家本领。作为一个教师，要千方百计地把课上得有意思，要讲究语言技巧，运用富有感染力的教学语言，吸引学生的注意力；要在课堂上让学生有恍然大悟、茅塞顿开之感；要让学生学有所获，体会到成长和成功的快乐。

一个富有亲和力的教师会被永远铭记在学生的心里，成为滋润学生心田的一股永不枯竭的甘泉。

20. 做一个有责任心的教师

　　世界上每一项职业都有其应担当的责任，教师当然也不例外。虽然大多数人从事着平凡的职业，履行着平凡的义务，但是一个人能把平凡的事做好就是不平凡，就是有责任心，就是有担当。作为一名教师，其责任就是教书育人，对每一个学生负责，用自己的真心、真情、真爱去承担自己的责任，履行自己的义务。所以，一个具有责任心的教师，就是对学生负责、对家长负责、对社会负责、对国家负责的人。

　　比尔·盖茨说过，人可以不伟大，但不可以没有责任心。要做一名有责任心的教师，首先要敬业。教师要有强烈的职业认同感，干一行要爱一行。我们既然选择了教师职业，就要无条件地为之努力，为之奋斗。教育工作是平凡的，甚至是琐碎的，也是辛苦的，日复一日，年复一年。但是，我们每一位教师每天都要保持饱满的工作热情，在这平凡的工作岗位上做出不平凡的工作成绩，让我们的学生在自己充满激情的工作环境中茁壮成长。

其次是要修业。教师是一项职业，但又是一门专业。缺乏必要的专业素养，就无法完成教书育人的使命。俗话说，名师出高徒。只有高水平的教师，才能培养出高水平的学生。所以，教师要不断学习，不断丰富自己的科学文化知识，不断拓宽自己的文化知识视野。同时，还要不断学习教育理论，不断磨炼自己的教育技能，不断提高自己的教育艺术，努力成为教育的行家里手。

此外，教师还要进德。德高为师，教师要不断提高自己的师德修养。教师不仅是一项职业，而且是一项事关国家未来的"事业"。对教育、对学生必须充满真心、真情和真爱，对国家与社会必须具有高度的责任心和使命感。一个缺"德"的教师，不可能对教育、对学生有真心的爱；而一个缺"爱"的教师，也不可能对教育、对学生有真正的责任心；而一个对教育、对学生缺乏责任心的教师，是不可能把自己的职业当作事业去追求的。

有责任心的教师能在日常的工作中享受幸福，能在琐碎的工作中发现快乐，能在平凡的工作中创造奇迹。

21. 做一个头脑清醒的教师

　　作为一名教师，面对纷繁复杂的教育现象和日新月异的教育变化形势，要保持清醒的头脑实属不易。但是，作为一个有追求、有信念、有理想的教师，不能见异思迁，不能随波逐流，更不能同流合污，要保持清醒的头脑，要坚定自己的教育信念和教育理想。

　　那么，怎样才能使自己保持清醒的头脑呢？

　　一是要善于学习。学习是一帖不错的清醒剂。我们要坚持学习科学的教育理论，学习先进的教育经验，学习有效的教育方法和管理方法，学习其他一切有用的知识。通过分析、比较和实践，加以取舍，为我所用，从而使自己的教育行为更为科学，更为有效，对自己的教育追求更为明确，在纷繁复杂的教育现象面前不迷惘，不困惑。

　　二是要善于思考。作为一名教师，不仅

要善于学习，而且要善于思考。不仅要思考自己的教育行为，还要思考他人的教育行为；不仅要思考自己的教，还要思考学生的学；不仅要思考教育的实践层面，还要思考教育的理论层面；不仅要思考教育的手段和方法，也要思考教育的本质和规律；不仅要思考当前的教育，也要思考教育的发展趋势。教师只有不断地思考和反思自己教育工作的成败得失，不断地去总结失败的教训和成功的经验，才能不断地明确自己的教育行为和方向，才能清醒地坚持自己的教育信念和理想。

三是要善于写作。写作可以训练一个人的逻辑思维，可以增强一个人的理性思考能力。所以，作为一个教师，不仅要坚持向前奔跑，而且要学会适当地停下来沉思、反刍，通过写作好好地去整理、反思、总结自己的教育实践。著名特级教师李镇西说过："写作的过程，就是我们反思、审视、总结、提炼、升华自己的教育实践的过程。"这种反刍式的教育写作可以让一个教师对自己的教育得失有比较清醒的认识，对教育本质及其规律有比较正确的理解和把握，对自己每一天的工作有一种持续不断的动力和激情，从而使自己不产生职业倦怠和惰性，全身心地投入丰富多彩的教育生活中。而这样多姿多彩的教育生活又会不断激发出自己的写作冲动，从而形成一种良性循环，推动自己不断提升，不断发展。

22. 做一个有人格魅力的教师

　　学生喜欢有个性的教师,喜欢有人格魅力的教师,这是不容置疑的。事实上,那些大家公认的优秀教师,也往往是富有人格魅力的教师。

　　教师的职责是教书育人。因此,教师不仅需要有丰富的学识,而且必须具有完善的人格。19世纪俄国教育家乌申斯基认为:"只有人格才能影响人格的形成和发展,只有性格才能形成性格。"理想的人格具有巨大的感召力、渗透力和凝聚力。一个教师拥有了人格魅力,无疑为成为一名优秀教师奠定了基础。

　　那么,作为教师,该如何完善自己的人格,彰显自己的人格魅力呢?笔者认为,可以从以下几个方面去努力。

　　一是要修身养性。首先,教师要不断提高自己的道德修养。德高为师,以自己的高尚品德感染学生。其次，教师要有正确的人生观和价值观，引领学生走正确的人生之路。第三，教师要为人正直，处事公正，是非分明，以身作则，为人师表。第四，教师要胸怀宽广，豁达乐观，意志坚强，百折不挠，以自己良好的心理素质和健全的性格去感化学生。

二是要热爱教育，热爱学生。爱是一种强大的力量。爱岗才能敬业，敬业才能奉献，才能做好工作。爱生才能无私，无私才能诲人不倦、循循善诱，才能赢得学生的亲近、信任和尊重，才能感动学生，激励学生。

三是要不断提高自己的科学文化素养。渊博的学识是教师人格魅力的基础。一个知识贫乏的教师不可能成为优秀的教师，也不可能赢得学生的尊敬。苏联教育家马卡连柯说过："学生可以原谅教师的严厉、刻板甚至吹毛求疵，但是不能原谅他的不学无术。如果不能完善地掌握自己的专业，就不能成为一个好教师。"所以，作为教师，一定要坚持读书，终身学习，不断提高自己的科学素养和人文素养，不断提高自己的专业水平，不断提高自己的文化品位。"腹有诗书气自华"，文化素养提高了，人格的品位也就提高了，人格的魅力自然也就提升了。

四是要丰富自己的兴趣和爱好。广泛而健康的兴趣爱好，不仅可以陶冶自己的性情，提高自己的生活品位，而且可以丰富自己的人格魅力，提升自己在学生心目中的形象，从而增强自己的感染力和感召力。

五是要不断改进自己的教学方法。生动形象、深入浅出的课堂教学，对学生的学习具有重要的指导作用。抑扬顿挫、幽默诙谐的教学语言，对学生来说是一种艺术享受，具有很强的感染力，可以激发学生强大的学习动力。思路清晰、逻辑严密的教学思维，可以促进学生良好思维品质的发展。

　　总之，教师要想赢得学生的喜欢、尊敬和爱戴，就要不断加强自身修养，不断完善自身形象，努力成为一名富有人格魅力的教师。

23. 做一个不断成长的教师

　　教育是一项启智、育德和育心的事业，是心灵对心灵的感召，所以，教师将是一个永恒的职业。随着社会的不断发展，教育的对象、内容和环境都在不断变化，因此，作为教师就必须不断地与时俱进，不断地成长，否则，就很可能落伍，很可能无法完成教书育人的神圣使命。

　　那么，作为一名教师，怎样才能使自己不断成长呢？笔者认为，教师至少要在三个方面努力。

　　一是教师要有自己的教育信念。教育信念是教师自己选择和信奉的教育理想和教育理念的综合体现。一个教师没有自己的教育理想，就等于没有自己的教育目标和追求；一个教师没有自己的教育理念，就等于没有自己的教育原则、教育个性和教育风格。其实，道理也很简单，一个教师没有正确的职业观、学生观、教学观、人才观，其教育工作能有正确的方向吗？能在教育工作中精益求精吗？能在教育实践中不断成长吗？事实告诉我们，教育信念是激发教师教育情感、教育追求和不断成长的一大动力。

二是教师要有坚持学习的耐心。教师是人类灵魂的工程师，其职业特点决定教师必须是富有学识和善于学习的人，因此，教师必须终身与书为伴，终身以读书为乐，不断丰富自己的学识。但是，现实的情况是有一些教师根本没有养成阅读的良好习惯，一年或多年未读一本书的也大有人在，抱着以不变应万变的态度去"教书育人"，其结果可想而知。因此，喜欢学习并善于学习应该是教师的基本素质。事实也已经证明，只有那些能坚持学习的教师，才能与时俱进、不断成长，才能成为真正的优秀教师。

三是教师要养成不断反思的习惯。一个教师的成长，往往有一个曲折的历程，但每位教师的成长，都有一个共同的特点，就是不断总结成功的经验，不断吸取失败的教训，而这个过程就是不断反思的结果。反思的过程就是不断地从感性上升到理性，不断地从失败走向成功。从这个意义上说，不会反思的人就是不会成长、不会发展的人。一个教师要想成为一名真正的优秀教师，就必须养成反思的习惯，在不断反思中成长，在不断反思中发展。

24. 做一个真正的知识分子

传统观念认为，读书人就是知识分子。《现代汉语词典》对知识分子的界定是：具有较高文化水平、从事脑力劳动的人。但在学术界，对知识分子有着更为具体的内涵要求。所谓知识分子，不仅是能够用自己的专业知识服务社会的人，而且要具有坚持真理、伸张正义、思想民主、精神自由、人格独立的特征。所以，这不是传统意义上的士大夫，也不是一般意义上的读书人。

传统士大夫也有自己的为人原则，所谓"富贵不能淫，贫贱不能移，威武不能屈"就是对士大夫人格的要求。但现代社会对知识分子的要求要广泛得多。肖川教授认为，知识分子是"关照着脚下的路并时常仰望天空的人，是可以运用自己的智识和良知增进社会整体福利的人"。

做一个真正的知识分子，必须坚守一些

基本原则。

一是服务社会。真正的知识分子应以服务社会、服务大众为己任，始终把集体利益、民族利益、国家利益放在首位，积极投身国家社会经济的发展事业，不遗余力地为推动国家的富强、社会的发展和人类的进步而工作。

二是坚持真理。真正的知识分子在是非面前不含糊，具有不畏强权、不惧权威、恪守良知、实事求是、尊重科学、追求真理的精神和意志。

三是伸张正义。真正的知识分子敢于直面人生、直面社会，面对社会的不公和阴暗面，敢于揭露，敢于批评，敢于斗争，自觉守护社会的核心价值观，即使自己利益受损，遭受打击，甚至献出生命也在所不惜，始终以维护社会公平为己任。

四是完善自我。作为一个真正的知识分子，应以天下为己任。古人说，穷则独善其身，达则兼济天下。要做到这一点，知识分子就必须加强自我修炼，不断提高自己的道德修养，不断提高自己的思想境界，不断丰富自己的精神世界，不断增强自己服务社会的能力。"先天下之忧而忧，后天下之乐而乐。"静以修身，俭以养德，不断学习，不断发展，不断完善自己的人格，不断优化自己的心灵，努力使自己成为一个道德高尚、思想健康、精神丰富、人格高贵的优秀公民。

25. "大树理论" 的启示

　　网络上流行一种所谓"大树理论"：一棵树要成为一棵大树，要具备五个条件。一是时间，二是不动，三是根基，四是向上长，五是向阳光。其实，一个普通教师要想成为一位名师，又何尝不是如此。

　　世界上没有一棵树苗种下去就马上变成大树的，一定要经过许多年的生长，一圈圈地往外长，让岁月的年轮刻下大树成长的印记。对一个教师来说，时间就是积累。而学识的积累和经验的积累，对一个教师的成长至关重要。没有一位名师是不经过多年的积累就成为名师的。

　　一棵树要长成大树，就不能经常挪动。俗话说，人挪活，树挪死。没有一棵大树是挪来挪去而成的，一定是几十年甚至千百年经历风霜雨雪，屹立不动而成的。对一个教师来说，工作岗位和单位可以变换，但对教育工作的信念和理想要坚定不移。真正的名师都有自己长年坚持的教育信念和执着追求的教育理想，哪怕经历再多的风雨也不放弃，不退却，锲而不舍，而且无怨无悔。

一棵树要长成大树，要有发达的根系，只有根系发达，才能根基扎实。盘根错节，深入地下，汲取营养，茁壮成长。对一个教师来说，要想"根基"坚实，也同样需要"根系"发达。这里的"根系"就是教师的学识和视野。没有广博的学识和广阔的视野，很难成就一位名师。因此，要想成为一位名师，就要虚心好学，刻苦钻研，不断汲取知识的养分，不断总结经验与教训，不断完善自己。只有"根基"扎实，才能事业有成，才能基业长青。

一棵树要长成大树，就要努力向上长。任何一棵大树都是先长主干再长细枝，并且一直向上生长。对于一个教师来说，一定要不断努力，不断成长，不断发展，克服成长中的一个个困难，越过发展中的一个个瓶颈，朝着既定的目标不断前行。一位名师的成长史其实就是一部自我发展史，一部自我奋斗史。

一棵树要长成大树，还要朝向阳光。世界上没有一棵大树是背着阳光生长的，树木在生长过程中需要有充分的光合作用，需要有充足的养分，所以，每一棵大树都努力寻找阳光，朝向阳光。对于一个教师来说，要想成为一位名师，就要与时俱进，不断丰富并更新自己的教育理念，就要有积极乐观的心态，就要满怀憧憬与希望，就要充满正能量。只有这样，才能不断进取，迎接挑战；才能正视困难，战胜挫折；才能百折不挠，勇往直前；才能追求卓越，成就未来。

26. 学会享受教育

知之者不如好之者，好之者不如乐之者。（孔子）

把自己平凡的工作当作宏伟的世界去研究，你就会发现无穷的乐趣。（魏书生）

有一种态度叫享受／有一种感觉叫幸福／学会面带微笑／才能享受生活／懂得播种快乐／才能收获幸福（朱永新）

在现实生活中，我们经常会听到中小学校长抱怨教师的"职业倦怠"，这确实是当前我国中小学面临的一个亟待破解的问题。中小学教师由于受到自身条件的制约和外界各种因素的影响，很容易产生职业倦怠。有许多教师，进入职业发展的"高原期"以后，由于各种主观和客观的原因，无法顺利度过"高原期",职业上升受阻,专业发展缓慢,职业成就感缺乏,于是感觉生活乏味,事业失望,精神疲惫,梦想破灭。

其实,这是一种心理的内在需求与客观现实相矛盾的产物,也是一种对现实的消极反抗而求得心理平衡的心理反应。心理学专家认为,这是一个人内外冲突矛盾运动的结果,即渴望快乐与感受平淡的矛盾,渴望成功与感受平凡的矛盾,渴望激情与感受平庸的矛盾,从本质上讲,是一个内外不和谐的心理表现。一个教师一旦产生了"职业倦怠",就会出现一系列问题,比如,职业热情下降、没有职业规划、缺乏职业理想、工作态度消极、教学质量不高、师生关系淡漠、人际关系紧张、自我效能感低、情绪容易波动等等。这些都会对中小学教育教学工作产生不利的影响,同时也会导致教师的心理出现问题,造成教师自我身心的伤害。所以,引导教师树立正确的人生观、价值观和职业观,学会换一个角度看教育,换一种心态做教育,学会欣赏教育,享受教育,就显得非常重要和必要。

我们先来讲一个故事。

南山和北山是相邻的两座山,山上各有一座大庙。两座山之间有一条河,河水清冽甘甜,它养活着两座山上的和尚。

两个小和尚分别住在两个寺庙里,他们都是新来的小和尚。住持给他们分配的第一项工作就是每天清早到山下的河里挑水。他们天天在河边相见,渐渐也熟悉了起来,并成了好朋友。就这样,时间在每天挑水中不知不觉已经过了五年,他们都长大了。

有一天,南山的和尚没有下来挑水,北山的和尚心想:"他大概睡过头了吧。"便没太在意。哪知,第二天,第三天,直到一个月，南山的和尚都没有下山来挑水，北山的和尚有点着急了，他想他的朋友大概是病了，他要去看看他。于是他就向寺庙住持请了一天假到南山去了。

南山很高，他走了半天才看见庙门。他远远看见一个和尚正在菜园里种菜，很像他的朋友，就走近去看。一看没错，正是他的朋友。他觉得很不解，就好奇地问道："你已经一个月没下山挑水了，我以为你病了，原来你被派来种菜了。可是我也没有看见你们庙里的其他人下山挑水，难道你们庙里的和尚都不用喝水吗？"

朋友把他带到后院，指着一口井跟他说："那次我就跟你说，要是我们每天做完功课都用点时间挖口井的话，我们就不用每天都下山挑水了。这五年来，我不管多忙，每天都坚持挖这口井，现在终于挖出水来了。"

北山的和尚听了之后有点惭愧，但转念一想："用五年时间来挖一口井不是太麻烦了吗？再说，他把井挖好以后，也只分配去菜园子种菜，与挑水的工作还不是一样无趣吗？"

于是，北山的和尚继续他的工作，每天到山下挑水，只是觉得有些寂寞。

就这样又过了五十年。北山的和尚已经老了，挑不动水了。他被寺庙住持分配去做了个扫地僧。每当他回忆往事的时候，他总是想起他的小时候，家境贫穷，父母养不起那么多孩子，不得已送他上山做了和尚。他觉得自己的命运真是不好。他也常常想起南山上他的朋友，想起他们一起下到河边挑水聊天的情景。他想："他也是一个命运与自己相似的人呢！"他决定再上南山去看看他的朋友。

于是，他又去了一趟南山。他十分吃力地爬上南山，来到庙门跟前，他先去菜园子里找他的朋友，没见着，他想自己的朋友是不是已经过世。他向那个种菜的和尚打听他的朋友。和尚回答说："你是找我们的方丈吗？到禅房去吧。"他连忙摇头解释说自己不找方丈。他想，还是去看看朋友的坟吧。于是他就向一个年老的和尚打听，老和尚把他引进了方丈的禅房。方丈是一个清癯的老和尚，慈祥安静，精神矍铄，须发眉宇间都有股峻拔超凡的仙气。他看得久了，不觉大吃一惊，眼前的方丈正是几十年前和他一起挑水的小和尚。

方丈热情地接待了他的朋友。端水沏茶之后，他们一道谈论起这五十年来的生活。方丈细数了自己五十年来做过的每一件事情：挑水、种菜、扫地、擦洗桌椅、读书念经。每一件事情，他说起来都是那么亲切，那么有趣。他说："有太多的事情值得我们去学习。用心去学，一切都会变得自然起来，然后我们也会因此而快乐起来。"后来，他渐渐得道，师兄弟都非常敬佩他，师父就把方丈之位传给了他。

北山的和尚回到庙里，对许多小和尚说起这件事，每次说完就一遍遍地嘱咐他们一定要好好学习，享受工作，快乐生活。

现在，我们回到先前的话题。作为教师，应该如何在工作中发现乐趣，享受职业幸福呢？我们觉得只有改变心态。两个和尚，由于心态不同，其人生价值就完全不同。可见，只要我们能够以积极乐观的态度去对待工作，去面对困难，工作就不会变成负担，困难就会变成纸老虎，你就会收获成长，你就会追逐梦想，你就会像那个南山上的和尚一样拥有一个快乐幸福的人生。

学会享受教育阅读

教师的工作是教书育人，教师的工作特点是几乎天天都和书籍打交道，所以，对教师来说，读书具有天然的优势。而且，读书是教师工作的一部分，有时，教师的阅读就是工作本身。所以，目前在中小学有一部分教师不读书，饱受诟病，甚至引来骂声一片，认为这是斯文扫地，并不奇怪。

教育专家认为，一个教师要有职业尊严，要享受工作快乐和教育幸福，就必须有专业上的不断发展。而教师专业发展的重要途径之一就是读书。有一位名师曾深有体会地说："读书，也是如此，看似无用，实有大用，是关乎教师专业发展与人生幸福的大事。"

教师要多读专业书，享受专业的成长。专业的书籍既包括学科文化知识方面的书，也包括学科教学论方面的书，还包括学科教学经验方面的书，这些书都与教师自己的工作息息相关。教师读这些书，应把它看作自己工作的组成部分。读这些书是本分，而不读这些书应视为失职。所以，凡是优秀教师，几乎不约而同地都对这类阅读十分重视。全国著名特级教师窦桂梅说："文学素养的获得，精彩课堂的生成，没有他途，唯有广泛的阅读。"为了讲好课文《秋天的怀念》，她几乎把作家史铁生的全部著作通读了一遍；为了讲好课文《圆明园的毁灭》，她找来对这一历史事件有着不同评价的著作，深入钻研，讲台上的她因此总是充满自信，底气十足，总能展现文本背后的精彩，使自己的教学保持着很高的专业水准。对窦桂梅老师的教学，有一位专家这样评价："她所着意带领孩子们走入的是一个美的世界。这个世界的美，美在丰富，丰富来自对不同人心人生的阅读。"可见，窦桂梅老师的专业水平之所以达到很高的境界，是与她广泛的阅读分不开的。所以，作为一个教师，就必须活到老，学到老。北京师范大学著名教授童庆炳老师也说："其实老师这个职业就要学习一辈子，不是我学习完了，才去当老师，而是要一边工作，一边学习，不断地学习，要学习一辈子，把学习看成比什么都重要，这样他才能不断地提高自己的素养，储备更多的知识，理解更多的问题，这样他教学水平才会更高。"

当前，有一些教师不读书，认为是自己工作忙，事情多，没有时间读书。专家认为，这是推卸责任。不是缺乏阅读的时间，而是缺乏职业追求，缺乏阅读的习惯，缺乏专业发展的内驱力。全国著名特级教师吴非（王栋生）就曾一针见血地指出："真正有阅读习惯的人，永远有阅读时间，不存在什么困难，不会受任何利益的驱动；而不想读书的人，永远会有各种各样的一大堆理由。""教师不阅读的真正原因，还在于缺乏职业意识和正确的价值取向。教师能否把阅读作为生活方式，作为职业需求，能否正确判断学科教学价值，能否正确估价个人专业水准，都会影响他的学习观。"吴非老师还进一步指出了教师不读书的危害，他说："教师不读书的状态不改变，教育没有希望；教师缺乏阅读习惯，从本质上讲也就没有了'教'的资格。学生跟从不读书的老师，能学到什么呢？"

教师要多读经典的书，享受丰富、充实而又圆满的人生。经典书籍是一个国家或民族的文化和精神的宝库，里面蕴含着丰富的思想和人生智慧。意大利文学家卡尔维诺说："经典是那些正在重读的书，经典是常读常新的书。"著名美学家朱光潜先生也说："这些被称为经典的东西，恰如无边暗夜中一颗颗璀璨的星星，照亮着我们的未知前途。"所以，教育学者陶继新先生说："我们要通过读书，特别是读一些经典书籍，来提高我们的思想文化品位。有了高质量的思想文化品位，才能成为真正的教师，才能被我们的学生认可。"他还说："人的生命除了一般人所谈的常态之外，还有一个精神和心灵的维度。没有精神和心灵层面的成长，没有它的滋润，你的内心就是苍白的。而要想真正在心灵层面提升自己，就要阅读文化精品。"阅读经典，就是一种高层次的阅读，就是在丰润自己的生命，充实自己的精神，净化自己的心灵，提升自己的智慧，圆满自己的人生。

阅读经典，既是为了学生，也是为了自己；既是为了工作，也是为了自己的人生。在现实中，名师都非常重视阅读经典。著名特级教师于漪老师说过："什么是教师？教师就是给学生点亮人生明灯的，当然首先要自己心中有太阳。教师心中没有太阳，怎么把阳光洒到学生的心中？经典就是点亮教师心中的明灯和太阳的。"著名特级教师窦桂梅老师说得更明白："语文教师要多读读人文经典，这不仅是一种自我经验的积累，更是教学的需要。""语文教师如果养成了阅读人文书籍的习惯，就一定能充满自信地站在讲台上。语文一旦有了文学的味道，彼时的课堂一定令人期待又充满惊喜。"她坚信美国女诗人艾米莉·迪金森的那句诗："没有一艘船能像一本书，也没有一匹骏马能像一页跳跃着的诗行那样，把人带往远方。"

我们应该坚信书籍的力量，更要坚信经典的力量。我们既要脚踏实地，也要仰望星空；我们既要努力工作，也要通过教育阅读来享受工作的乐趣、成长的快乐。

阅读既是教师专业发展的需要，又是人生修炼的需要，既然如此，我们何乐而不为呢？

学会享受教育写作

如果说，阅读对一个教师的成长非常重要，那么，写作对一个教师的成长更加重要。著名特级教师于永正老师曾经这样说过："读与写是我教育、教学不断进步的双翼。读与写的过程，是不断肯定自己、激励自己的过程，同时也是不断反省自己、否定自己的过程。在这样一个往复循环的过程中，让自己的实践有了智慧，有了理性，使自己的路走得越来越正了、越来越直了。"

不错，教育写作，对促进教师的专业发展至关重要。有一位小学教师说："阅读和写作，虽然不能拉长我的人生，却能让我的视野变得开阔，让我的生活世界得到拓展，让我的精神境界得到提升，让我的心灵得到净化，活力得到释放。坚持一年多，已写了二十多万字，更可贵的是，我的自信心增强了，敢在评课时谈出自己的见解，一针见血地指出课堂中存在的问题，还能指导年轻教师上课和写作。"还有一位教师也说："因为写作，我喜欢上了追问。以前，要是两个孩子打架了，我会把他们叫来，训斥一顿，强压下他们的'斗志'，孩子们面服心不服。现在，我学会了写教育故事，更加留意班上发生的大大小小的事件，处理这样的问题，更多地进行自我追问。因为写作，我爱上了思考。我用文字梳理自己的工作，涤荡自己的灵魂。把别人潇洒的时间用来思考我的专业、我的能力发展……写作，成长自己，幸福孩子，让我感到生命之树常绿，每一天都活得很充实，很有意义。"

其实，无数名师的成长轨迹也都证实了这一点。著名特级教师窦桂梅对此深有体会，她说："当今，各种关于课堂教学的讨论像暴风骤雨一样不断冲刷着我们。一方面，我们要面对各种理念的更迭，以及各种关于课堂教学的批判；另一方面，每天还要在辛苦琐碎的课堂生活中徘徊，折腾得疲惫不堪。课堂教学左也不是，右也不是。面对惶惑……应当如何寻找课堂坐标？……有一个很好的办法，就是让笔静静记下自己，在课堂本身找寻'我是谁'。语言是开出来的看得见的心灵之花。每一次记录，都会挖掘自己的心灵，并把它彰显出来。"所以，窦桂梅老师总是坚持教育写作，用自己的笔，把自己的心灵和课堂联系起来，这样既能忠于自己的课堂，又能兼纳别人的声音，从而不会迷失自己。就这样，窦老师写下了近百篇课堂教学反思，出版了两本教育随笔，还出版了其他几本专著。她说："阅读自己的课堂'录像'的文字，就是倾听心灵花开的过程。"教育写作让她收获了成长，收获了职业尊严。她说，写让自己活得明白，更让自己活出精彩。花的开放，赢得的是尊严，积累的更是尊严。写，会改变你的课堂磁场，甚至改变你的生命属性。

其实，教育写作不仅是教师提升专业水平的需要，同时，也是教师寻找教育乐趣、享受教育人生的需要。著名特级教师于永正老师就曾说过："感谢读、写的习惯，它充实了我的人生，成就了我的事业，并且让我的人生留痕。"云南省特级教师、泸西县中枢镇石洞小学李本聪老师则说得更加明白："我是用笔来寻找幸福的。那些流淌出来的文字，不单是我教育生活的记录，还是我情感世界的真实反映。我只是想用文字来创造一方心灵的净土，诗意地栖居在上面。"

在中小学，有的老师不敢写，是因为缺乏信心，只怕自己写不好，让人笑话。其实，写作是一个渐进的过程，越不写，就越怕写；越怕写，也就越不会写。我们只能在写作中学会写作。起初，也许我们的习作缺乏文采，写不出什么华丽动人的语句，不能让人感动，也许我们的眼界和胸怀还不够宽广，不能让人欣赏，也许我们的思想还缺乏高度和深度，不能给人以启迪，但只要我们是经过认真的观察、深入的思考，然后用自己质朴的语言、真诚的态度，真实地记录下自己的思想、情感以及成长的足迹，就有其意义和价值。虽然不能成为永恒，甚至只是昙花一现，但也是自己成长路上的一个脚印。哲人说，只要播下种子，总会有开花的一天。在"花"开的那一天，我们就可以自豪而又幸福地说，这是我自己亲手种的"花"。

学会享受教育教学

著名教育专家魏书生曾说过："如果你把学生当成天使，那你每天生活在天堂里；如果你把学生看成魔鬼，那你将每天生活在地狱中。"一个教师对待学生的态度，决定了一个教师教育教学的结果，也决定了一个教师在教育教学过程中所获得的情感体验和精神享受。

其实，任何一项工作都有其优点和缺点，关键看你以什么态度对待它。如果你把自己的工作仅仅当作一种谋生的手段，你就会觉得自己的工作毫无乐趣，有时甚至会感到苦不堪言；如果你把自己的工作当作一项事业，你就会觉得自己的工作妙趣横生，甚至乐在其中，乐此不疲。

教育是培养人的工作，不仅辛苦，而且必须与时俱进，不断创新。教育也是一项很有挑战性的工作，需要教师具有正确的人生观、价值观、教育观、学生观和职业观。每个学生都是一个独特的个体，每个学生身上都既有优点又有缺点。一个教师怎样看待自己的学生，很大程度上决定了他的教育情绪。如果一个教师专门看学生的缺点，学生就成了一群"魔鬼"，整天与"魔鬼"相处，那么，你自己也就如同生活在地狱里一般，痛苦不堪；如果你以包容欣赏的态度更多地关注学生的优点，学生就成了一群可爱的天使，整天有天使相伴，那么你就犹如生活在天堂之中。所以，一个教师想过怎样的生活，完全取决于自己对教育、对学生的态度。魏书生说："尊重与发展学生的人性和个性，会使师生生活在一种相互理解、尊重、关怀、帮助、谅解、信任的和谐气氛之中，从而真正体验到做人的幸福感与自豪感。"

在课堂教学中，教师如果能在教室里洒满温暖灿烂的阳光，充满爱心与耐心，不管学生是优秀还是不够优秀，都一视同仁，都把他们当作天使一般加以呵护，发掘他们的潜能，培养他们的特长，发展他们的个性，让每一个学生都在赏识赞许的阳光雨露中绽放笑容，昂首挺胸，那么，无论是教师还是学生都会生活在教育的天堂中，享受教学相长的快乐和幸福。对此，云南省特级教师李本聪老师深有体会，他说："我在36号教室里劳动，我在36号教室里付出，我在36号教室里经历。我在这里磨炼自己，我在这里提高自己，我在这里充实自己，我在这里做梦圆梦。我取得成绩，我收获喜悦，有教育做，有学生教，就幸福。"他还说："当教师，你陪着学生成长，你教给他们知识，教给他们做人的道理，他们学习进步，你一样跟着认识提高。他们成长了，你的人生经验和智慧一样在增加。……我教学生，我爱他们，我在用教育来改变他们的命运，我在给许多家庭带来希望，我在一方传播文化，我的思想在影响年轻一代……我做教育，我是在享受教育。"李老师说得真好，很值得我们每个教师好好思考。

这里，我想引用朱永新教授的《享受着教育的幸福》中的四段诗来作为本文的结语。

> 享受着教育幸福，你就多了一双发现的眼睛
> 每一个孩子的潜能就会激情迸射
> 每一个孩子的个性就会轻舞飞扬
> 而你，也就如同插上了飞翔的翅膀
>
> 享受着教育幸福，你就多了一份快乐的心情
> 你会把每一个挫折看成是考验

你会把每一种困难看成是磨炼

你时时刻刻都会听到花开的声音

享受着教育幸福，你就多了一股创造的激情

你会把每一堂课精彩地演绎

你会把每一句话精心地锻造

你会把校园当成追求卓越的教育梦工场

享受着教育幸福，你就多了一种生活的诗意

你能从平凡中品味出伟大，从失败中咀嚼出成就

你能读懂每一个孩子的脸庞，走进每一个孩子的心房

你会惊奇地发现：幸福从此熙熙攘攘

27. 坚守我们的精神家园

中国古代读书人提倡"读万卷书，行万里路"，可见，博览群书历来是中国读书人追求的一种生活方式和想达到的人生境界。

著名教育家苏霍姆林斯基曾说："教师要把读书当作第一精神需要，当作饥饿者的食物。要有读书的兴趣，要喜欢博览群书，要能在书本面前坐下来，深入地思考。"

中小学教师作为中国传统意义上的读书人，承担着传承科学人文知识的历史使命，理应以博览群书为己任，通过广泛阅读提高自身的素质，实现全面成长和专业化发展。北京师范大学肖川教授说："作为一名教师，要喜欢阅读，主动、积极地去读，把阅读当成生命的存在状态；要善于阅读，通过阅读积淀学养，开启人性，滋养精神，丰厚底蕴。"可以说，阅读是教师的立身之本，是教师的精神家园。

那么，中小学教师应该如何选择自己的阅读路径呢？笔者认为可以从以下几个方面入手。

一是研读专业类书籍。教师不仅要知识丰富，而且要善于传授，能够深入浅出地把各种科学人文知识传授给学生。这就需要教师具有较高的专业水准，成为教学的能手、教育的专家。因此，教师必须不断研读教育专业著作，不断转变自己的教育理念，不断反思自己的教育过程，不断改进自己的教育方法，不断提高自己的专业化水平。

二是研读人文类书籍。人文素养是教师专业素养的重要组成部分。中小学教师，尤其是从事数理学科教学的教师，要多读人文类书籍，不断丰富自己的人文知识，不断提高自己的人文素养，使自己成为具有人文情怀和独立思考的人，使自己成为具有独立人格、自由思想和批判精神的人，使自己成为善于理解学生、尊重学生的教育工作者。

三是研读科学类书籍。教师作为人类文明的传播者，科学精神不可或缺。中小学教师，尤其是从事人文学科教学的教师，要多读科普类著作，不断丰富自己的科学知识，不断提高自己的科学素养，感受科学家百折不挠的科学探索精神，学习科学研究的方法，不断增强自己的科研意识、探索精神和创新能力。

四是研读艺术类书籍。教育是一门艺术，需要教师具有丰富的艺术修养和高超的教育艺术。教师不仅要善于欣赏美，还要善于创造美。教师要通过自己充满艺术氛围的教育活动，让学生如沐春风，心灵得到净化，精神得到升华，在喜闻乐见中得到成长，在潜移默化中得到发展。

让我们坚守自己的精神家园吧。让阅读丰富我们的思想，让思想提升我们的教育品质；让阅读丰富我们的智慧，让智慧书写我们的教育人生。

28. 教师读书随想

古人说，非学无以广才，非志无以成学。读书不仅可以长知识、长见闻，而且可以长智慧、长能力，还可以长气质、长修养。所谓"腹有诗书气自华"，说的就是这个意思。一般的中小学教师，出于自身工作的考虑和专业发展的需要，往往先读学科教学专业书，再读教育理论书，然后读人文科学和修身养性的书，这是通常的读书路径。

说实话，中小学教师作为知识分子，作为传统意义上的读书人，真正养成良好读书习惯，真正会读书的人并不算多。这可能也是现在中小学教师队伍里"教书匠"多，教育专家少的重要原因。教师不读书，不光是教师的悲哀，而且是学生的悲哀、教育的悲哀。

周国平说，一个人不读书，一辈子都很寂寞。我说，教师不读书，一辈子都很空虚，一辈子都没有底气。如果教师只读教辅用书，那么，教师的一生都会很苍白。也许有人要问，喜欢读书就能成为"好教师"吗？我认为，喜欢读书不一定能成为真正的"好教师"，但一个不喜欢读书的人肯定成不了真正的"好教师"。

教师不仅要成为读书的倡导者，而且要成为读书的实践者。有书卷气的教师，对学生来说就是最好的教育。一个具有良好读书习惯的教师，往往具有一种高尚的精神引领作用，往往能赢得学生的尊敬与爱戴，往往能指引学生前进的方向。

学校真正的使命是培养优秀的人才，而不是培养优秀的考生。培养优秀的考生，教师可以不读书，只要会做题目就可以了；但要培养优秀的人才，教师就必须多读书。因为只有具有良好读书习惯的教师才会真正明白读书的价值，才能引领学生进行广泛的阅读。只会大量做题而缺乏广泛阅读的学生，也许能成为一个优秀的考生，但永远成不了真正优秀的人才。我们要相信阅读的力量。

那么，我们应该读什么样的书呢？

要读有思想的书、有智慧的书、有人生经验的书、有人情味的书；要读能让你产生联想、能让你产生共鸣、能让你明白事理、能让你奋进向上、能让你胸襟开阔、能让你荡气回肠的书。在信息网络日益发达的今天，我们当教师的，要尽可能地减少碎片化阅读和泡沫化阅读，不做"低头族"，而是做个真正的读书人，以不断增加自己人生的底气和生命的厚度。

朱永新教授说，一个人的阅读史就是他的精神发育史。我说，一个人的阅读史也就是他的人生和思想的成长史。

29. 好读书还要会读书

中小学教师无疑应被称为读书人。读书人好读书，这是天经地义的。但好读书并不等于会读书。有些人教了一辈子的书，也读了一辈子的书，但并不是会读书的人。会读书是要讲究方法的，要根据不同的目的采取不同的读书方式。

一是了解性阅读，又称知识性阅读。其目的是丰富自己的知识，扩大自己的见闻。这种读书对读物要求不多，人文科学，天文地理，古今中外，无所不包，广泛浏览，了解即可。这种读书方式，对中小学教师来讲，非常重要，因为中小学教师大多属于"杂家"，需要博览群书，知识面要广但不必深。

二是理解性阅读。对于专业性书籍，中小学教师不能停留在了解性阅读上，而必须对作者的思想观点予以理解。浮光掠影，一目十行，不求甚解，对自己的专业发展并无用处。读书要用心，不仅要眼到，还要心到，要心领神会，要融会贯通。只有这样，书中的知识、观念等才能成为自己的思想，才能指导自己的实践，才能引领自己的发展。

三是批判性阅读。作为一个读书人，仅仅停留在理解性阅读层面上还远远不够，还必须学会批判性阅读。任何作者的思想观点都有其局限性和片面性，世界上不存在完美无瑕的著作，也不存在放之四海而皆准的所谓思想和道理，所以，古人说"尽信书不如无书"。我们读书在理解的基础上还要学会分析与批判，吸收正确的思想，摈弃错误的观点，即所谓"取其精华，去其糟粕"。囫囵吞枣，生吞活剥，是不可能成为一个真正的读书人的。

四是方法性阅读。如果你想成为专家学者，你就必须学会做学问。不做学问，怎么成为专家？怎么成为学者？要成为专家学者，你就必须学会做学问的方法，而方法性阅读，就是引领你学会做学问的最佳路径。任何一门学问都有其独特的研究方法与路径，你要学会做学问，首先必须掌握这些方法与路径，而掌握这些方法与路径的最好办法就是通过阅读同类课题的著作，学习其研究课题的方法。只有认真去分析各本著作所研究的概念与判断、内涵与外延、观点与结论，掌握其研究的框架与路径、思维方法与思维过程，并心领神会，了然于胸，你才能得心应手地做自己的学问，向专家学者的目标迈进。有的人读了一辈子的书，但不会做学问，重要原因之一就是没有掌握做学问的方法，而究其根源就是不善于开展方法性阅读，只关注知识和观点，忽视作者研究的方法。不掌握方法论，永远不可能登堂入室，成为专家学者。

30. 教师不妨多读点经典

　　教师要多读书，这不容置疑。教师只有多读书，才会有底蕴，才会有底气，这也不容否认。但在现实中，有的教师教了一辈子的书，既没多少底蕴，也没多少底气，原因不外乎两种。一是只忙于教学，无暇读书；二是一辈子只读教辅书。只读教辅书，即使读得再多，也不会有多少底蕴和底气。要成为一名真正有文化底蕴和底气的教师，就要多读经典。

　　经典中有丰富而深刻的思想。世界上任何一个民族的经典，都是该民族思想的源头和宝库，闪耀着该民族古圣先贤理性思想的光芒。可以说，经典的思想高度决定了该民族的思想高度。教师多读经典，就是经常与古圣先贤对话，从而不断丰富自己的思想，使自己成为一个有思想的教师。

　　经典中蕴含着丰富的民族生存与发展的智慧。任何一个民族的经典，都在思考本民族生存和发展的根本问题，都在总结本民族经过长时间实践检验之后的经验和教训，其智慧的光芒穿透了沧桑的历史，思想的价值跨越了社会发展的阶段，具有永恒的生命力。教师多读经典，不仅可以从中汲取人生的经验、反思人生的教训，而且可以开启自己的人生智慧。

经典中具有积极的人生态度，具有正确的人生观和价值观。世界上任何一个民族的经典，都是指导人生的百科全书。古圣先贤积极进取的人生态度和修身、齐家、治国、平天下的人生观、价值观，激励着一代代志士仁人坚持信念、探求真理、追求理想。教师多读经典，就可以去感受古圣先贤积极乐观的人生态度、积极进取的奋斗精神、百折不挠的坚强意志，树立起正确的人生观和价值观。

经典中具有丰富而健康的情感。所谓经典，都是经千百年沉淀的著作，不仅跳动着古圣先贤的思想脉搏，而且流淌着古圣先贤的真情实感，古今中外无一例外。所以，捧读经典，就是感受古圣先贤的喜怒哀乐，就是分享古圣先贤的真情实感，就是优化自己的情操，就是净化自己的心灵。

经典中具有丰富、规范、生动的语言文字。经典不仅是民族思想的宝库，而且是民族语言的范本。世界上任何一位伟大的作家无不是熟读经典的。经典不仅是民族思想的源头，而且是民族语言的源头。不知其源，何知其流？多读经典，就是多学习丰富、规范、生动的民族语言，感受其语言的艺术魅力。

总之，世界上任何一个民族的经典，都是该民族思想文化的基因库，蕴含着该民族思想文化、情感智慧的遗传密码。所以，多读经典，不仅可以丰富自己的文化底蕴，而且可以提升自己的文化品位，不仅可以更好地了解自己的民族，而且可以更好地了解世界，从而引领自己走向丰富，走向高贵，走向优秀。

31. 阅读点亮梦想

　　网络上，马云的一句话很流行："人是要有梦想的，万一实现了呢?"人是应该要有梦想，因为有梦想就会有追求，而且乐此不疲；有追求就会去努力，而且无怨无悔。当教师的也不例外。但是，有梦想也要脚踏实地，从小事做起，从当下做起。作为一名教师，要以书为伴，让阅读伴随自己的一生，在阅读中成长，在阅读中发展，在阅读中实现自己的人生价值。

　　阅读拓宽文化视野。教师是科学文化知识的传承者，也是科学文化知识的创新者。教师必须通过广泛的阅读为自己储蓄文化，不断拓宽自己的文化视野。教师通过阅读，可以丰厚自己的中国传统文化的积淀，也可以提升自己的世界优秀文化的素养，汲取文化智慧，丰富文化底蕴，从而厚积薄发，左右逢源。只有这样，教师才能真正履行教书育人的神圣使命。

阅读夯实专业基础。教师不仅要有扎实的文化功底，还要有扎实的专业基础。教师光靠职前的专业学习是远远不够的，必须在职后不断学习，与时俱进，通过大量的阅读，不断提高自己的教育理论素养，不断提升自己的课堂教学和教育管理的水平。无数名师的成长都证明阅读是教师专业成长的"推进器"。

阅读激发工作热情。任何一项职业，都会产生职业倦怠。由于工作效果的滞后性，在一定程度上降低了职业成就感，教师容易产生职业倦怠，而坚持阅读不失为一剂良药。凡是具有良好阅读习惯的教师，都可以从阅读中找到职业的兴奋点，激发起工作的热情。许多特级教师介绍自己的成长时都讲到，阅读帮助自己不断突破职业道路上的一个个瓶颈，实现一次次飞跃，使自己对教育工作始终充满激情。

阅读坚定职业追求。阅读不仅可以提高自己的文化素养和专业素养，而且可以提高自己的道德修养和思想境界。随着自己的道德修养和思想境界的提高，对职业的认同和情感也会不断增强，从而不断坚定自己的职业信念和职业理想，并更加努力、更加坚定地去追求自己的事业。

总之，教师离不开阅读，阅读是教师发展的推进器。不仅教师自身在阅读中发展，而且学生也能从教师的阅读发展中得到更好的熏陶，得到更好的成长。阅读助推教师走向成熟，走向优秀。

32. 与书为友，活出精彩

中国人自古就有"耕读传家"的传统。"万般皆下品,唯有读书高""书中自有黄金屋,书中自有颜如玉"之类的古语,虽然有浓厚的功利主义色彩,但在劝人读书方面还是颇有作用的。在中国古代,由于印刷技术的落后,书籍稀少,读书人要获得书籍非常困难。因此,我们在阅读古人写的书时,经常会看到读书人如何跋山涉水、千辛万苦地去借书,夜以继日、废寝忘食地抄书的感人故事。古时候的这些读书人大多视书如珍宝,爱惜书籍如同爱惜生命。千百年来,挑灯夜读、手不释卷的读书人也大有人在。今天,社会发展到了一个物质空前丰富的时代,每年出版的书籍不计其数,对读书人来说,得到书已经是十分容易的事情。只要你想读,书唾手可得。然而,在书籍十分丰富的当今社会,有许多人却与书籍渐行渐远,不喜欢读书,也不懂怎么读书。

周国平先生认为，一个真正的读书人有三个特征：一是养成了读书的癖好；二是形成了自己的读书趣味；三是有较高的读书品位。可见，读书人必须对阅读有兴趣，而且不是一般的兴趣，而是成了一种癖好。有了这种癖好，才会痴迷于读书，以书为伴，与书为友，而且乐此不疲。这样，久而久之，就会读出味道，读出素养，读出思想，读出智慧，读出学识，读出品位，读出境界。

与书为友的读书人，生活不会寂寞。当今世界，人类社会书海浩瀚，就是称得上经典的，也汗牛充栋，构成一个宏大的文化宝库，无论什么人，恐怕穷尽毕生精力，也读不完这许多著作。所以，一个读书人，只能根据自己的兴趣爱好和专业特长，选择其中最适合自己的一部分来阅读。作为一个读书人，品位很重要，只有读好书，才能养成高品位。经典都是经过时光的洗礼和岁月的淘汰，在当下仍然具有典范意义与价值的优秀文化遗产，具有永恒的魅力。我们阅读经典，就是收获最精粹的知识，就是感知最符合人性的人生道理，就是感受最精美典雅的语言，就是与智者与大师对话、交流思想。所以，一个真正的读书人，只要与书为友，就永远不会感到孤独，不会感到寂寞。

与书为友的读书人，精神不会空虚。什么样的人精神会空虚？生活无聊的人。没有人生规划，没有人生目标，无所事事，浑浑噩噩，得过且过，当一天和尚撞一天钟，这样的人生，当然会让人觉得百无聊赖、精神空虚。但是，一个喜欢读书的人，生活状态则完全不同。他会把空闲的时间用来读书，读那些有意义、有价值的书，在阅读中感受社会，感受人生，感受自然，感受人文。与作者一起喜，一起怒，一起哀，一起乐，在喜怒哀乐的情感体验中，使自己的情感变得更丰富，使自己的思维变得更敏捷，使自己的心灵变得更纯洁，从而又促使自己去阅读更多的经典、更多的好书，去品味更多的智者之言，去接受更多的大师教诲，去学习更多的人生经验。如此循环往复，人的心胸会变得干净而又坦荡，精神会变得丰满而又高贵，人生也会变得充实而又有意义。一个真正的读书人不相信生活会无聊，不相信精神会空虚。

与书为友的读书人，人生不会悲观。一个真正的读书人，懂得如何选书、如何读书。周国平先生说："（读书）正确的做法是，在所有的书中，从最好的书开始读起。一直去读那些最好的书，最后当然就没有时间去读较差的书了。"而最好的书总是充满着不断的追寻和无尽的探索，包含着无限的人生道理和永恒的真理，即使是对过往事件的回顾，对历史人物的描述，也充满强烈的思辨色彩，充满对心灵的震撼力量，充满对自然的探求，充满对人生的企望。好书中还往往充满着积极乐观的情感、积极向上的人生态度、健康而又正面的思想，传达着正确的人生观和价值观，传递着满满的正能量。所以，多读这样的好书，不仅可以提高自己的读书品位，而且可以提高自己的人生境界；不仅可以提高自己的道德修养，而且可以提高自己的生命价值，让自己的生活充满阳光，让自己的人生充满希望，哪怕是在人生道路上遇有挫折，遭受苦难，也能勇敢地面对，冷静地思考，顽强地克服。读书能让人坚强，能让人成长，能让人自信，能让人豁达，能让人伟大。

33. 以书为友，追求卓越

近来，多次听到教育官员、校长、教育专家抱怨中小学教师读书热情不高，许多中小学教师几乎不读书。有人认为，这是斯文扫地。这话也许说得重了一点，但作为读书人的中小学教师不读书，总多少是一件让人赧颜的事情。

教师是文化知识的继承者、传播者和促进者，理应以书为友，以读书为乐，以读书为使命，通过读书提升自己的专业水准，更好地履行自己教书育人的神圣职责，实现自己的人生价值。

以书为友，增长知识。教师的知识结构有其特殊性，主要由四部分组成：本体性知识、条件性知识、实践性知识和一般性文化知识。所谓本体性知识，是教师所任教学科的基础知识；所谓条件性知识，是教师在教育过程中所用到的教育原理；所谓实践性知识，是指教师积累的教育经验；所谓一般性文化知识，是教师自己所教学科以外的人文、艺术或科学等文化知识。可见，除了实践性知识外，其他知识主要是靠阅读来丰富、补充和优化的。

教师通过广泛的阅读，丰富自己的知识体系，拓宽自己的知识视野，优化自己的知识结构，从而把专业知识转化为专业能力。苏霍姆林斯基认为，读书不是为了应付明天的课，而是出自内心的需要和对知识的渴求。教师通过博览群书，积累了丰富的学科知识、教育理论知识和其他文化知识，备课就不会变成单调乏味地死抠教科书，教科书里的那点学科知识在你的知识海洋里只是沧海一粟。即使是实践性知识，也会从广泛的阅读中不断得到丰富和提升。

以书为友，增长智慧。读书不仅可以增长知识，而且可以增长智慧。培根说："读史使人明智，读诗使人聪慧，学习数学使人精密，物理学使人深刻，伦理学使人高尚，逻辑修辞使人善辩。"（何新译《培根人生论》）知识和智慧是两个不同的概念，有知识并不等于有智慧，有专业知识也并不等于有专业智慧。智慧是一种机智，是运用知识巧妙地解决实际问题的一种才能。教师要从阅读中不断汲取他人的教育智慧，来丰富自己的职业智慧，形成自己的一种职业素养。教师要将知识和他人的智慧融入自己的认识本体之中，渗透到自己的生活与工作的行为之中，激活知识的能量，发挥自己的潜能，激发自己的灵感，点燃智慧的火花。科学而又艺术地施教，机智地解决教育难题，这对自己的教学来说是一次升华，是一次飞跃；对学生的学习来说是一次收获，是一次成长。

以书为友，增长才干。作为一名教师，不仅要善于教学，而且要善于管理，善于反思，善于研究，否则，你可能只能成为一个教书匠，而成不了一个教育专家。因此，你想成为一名卓越的教育名家，你就要以书为友,多读书。多读书,不是成为一名教育专家的充分条件,但是成为一名教育专家的必要条件。教师不仅要多读教学方面的书、班级管理方面的书,还要多读教育研究方面的书。同时,你在读书过程中,还要不断地联系教育实践,不断反思自己的教育工作、课堂教学的成败得失,不断总结成功的经验和失败的教训,不断地从感性上升到理性,从经验上升到规律,使自己对教育的理解越来越明确,对教学的把握越来越准确,对学生的研究越来越透彻,对教育规律的认识越来越清晰,从而达到教育的科学性与艺术性的巧妙统一。通过读书,教师在不断增长自己的才干的同时,能不断发展学生的个性,启迪学生的智慧,开发学生的潜能,激发学生的创造天赋,从而实现教书与育人的统一。

教师要以书为友,读出兴趣,读出素质,读出智慧,读出才干,成就卓越。

34. 教师要为自己的教育生涯储蓄文化

人们通常把教师称作"文化人"。所谓文化人当然应该有文化，这是不容置疑的。那么，什么是文化呢？从广义上来讲，文化是一个包罗万象的综合概念。《辞海》（1989年版）对"文化"的解释是："文化是人类历史实践过程中所创造的物质财富和精神财富的总和。"具体地说，文化是一种社会现象，是人们长期创造形成的产物，同时又是一种历史现象，是社会历史的积淀物。确切地说，文化是凝结在物质之中又游离于物质之外的，能够被传承的国家或民族的属于物质财富的物品或属于精神财富的历史、地理、法律制度、风土人情、传统习俗、生活方式、文学艺术、行为规范、思维方式、价值观念等。从狭义上来讲，文化可以指某个行业能够传承的意识形态。笔者在这里所要谈的文化，就是一种狭义上的文化，是指教师从事教育工作所必须具备的知识。

中小学教师的职责是教书育人，要完成这项神圣的使命，教师就必须具备相当的文化知识。因此，中小学教师从入职开始就要不断地为自己的教学生涯储蓄文化，并随着自己文化的持续增长而不断成长。

一是要储蓄专业文化。中小学教师在学校里都有自己任教的学科，具备学科专业知识是完成教学工作最基本的条件。因此，作为一名中小学教师，丰富自己的学科知识，构建完善的学科知识结构和体系，是一个合格的学科教师的应有之义。

现在一提到学习专业知识，有的教师就认为要多读教学参考书。笔者认为，对于一位普通教师来说，教学参考书固然要读，但不是唯一的。教师要通读任教学科的教科书，同时，还要多读一些高于自己任教学段的相同学科的教科书，以夯实自己的学科本体性知识基础，丰厚自己的学科文化底蕴。此外，还要多读专业报刊上的优秀文章和学科教学方面的优秀著作，以提升自己的学科专业素养，夯实自己的条件性知识的基础。

二是要储蓄经典文化。经典是一个民族或国家文化的源头、精华和代表，凝聚着一个民族或国家的思想、意志、精神和价值观，是一个民族或国家的文化基因和灵魂。一个教师，你想要不断成长，持续发展，就要给自己的心灵留下一个阅读经典的空间。古今中外，称得上经典的著作数以万计，我们要选择那些适合自己阅读的经典，一本一本地读，认认真真地读。从经典中吸纳思想，汲取营养，让经典净化心灵，修炼人生。一个人，一旦具有了经典文化的积累，其思想的境界就提高了，其文化的品格就升级了，其读书的品位就提升了，自己的教学也会在不知不觉之中登上"一览众山小"的境地。

三是要储蓄人文或科学文化。当前，有一部分中小学教师，教人文学科的不读科学类书籍，教科学学科的不读人文学科类书籍，这是一个很大的问题。中小学各学科的知识虽然有一定的独立性，但并不是完全毫无关系的，而是有其内在的关联性。笔者认为，中小学教师的理想状态应该朝全科型方向发展。所以，中小学教师既要扬长，更要补短，弥补自己文化知识方面的缺陷和不足。理科教师要多读一些人文书籍，为自己储蓄更丰富的人文知识；文科教师则要多读一些科学方面的书籍，为自己储蓄更多的科学知识，培养自己的科学素养和科学精神。

　　四是要储蓄艺术文化。有人说科学求真，人文求善，艺术求美。艺术学科是学校美育的重要途径，是培养学生感受美、欣赏美、创造美的主阵地，作为一名中小学教师，具备一定的艺术素养，是培养学生审美能力的前提条件。我国古代十分强调读书人要会琴棋书画，其实就是要求读书人要具有一定的艺术素养。中小学教师如果具备一定的艺术素养，不仅可以提高自己的气质和品位，而且可以提高自己的人格魅力，提高自己在学生中的声望。而且，艺术素养可以使男教师显得更儒雅，使女教师显得更优雅。因此，中小学教师还要在百忙之中读一点艺术类的书籍，学一点琴棋书画，积累一点艺术文化知识，提升一下自己的艺术素养，从而使自己成为一个更有文化底蕴、更有文化底气、更有文化品位的教师。

35. 阅读的广度和深度

　　一个人喜欢读书是好事,也是一种很好的习惯,但仅仅喜欢读书还不够,还要学会如何读书。不懂得运用正确的方法去读书,其效果会大打折扣。读书要处理好阅读的广度与深度的关系。所谓阅读的"广度",是指阅读的面要宽广,要博览群书,就是古人所说的"读万卷书"。所谓阅读的"深度",是指阅读的重点要突出,对重点书籍要读熟读透,要精读深思。所以,处理好阅读的广度与深度的关系,就是处理好阅读的数量与质量的关系。

　　读书人就是要读书,而且要多读书。常言道,博览群书才能成才。一个人成才需要涉猎广泛的知识,尤其是我们正处于信息时代,知识更新的速度很快,因此,多读书是十分重要的,也是十分必要的。

　　那么,我们要多读哪些书籍呢?

一是通识类经典书籍要多读。这类书包括古今中外的哲学、文学、历史、艺术等的经典著作，是作为一个文化人都应该阅读的。这是人类的"共同食物"，是人类的共同记忆，是人类的共同精神家园。从这类书读得多少，可以看出一个人的文化素养。钱理群教授说，读过这类书，可以为一个人的终身精神发展垫底，成为照耀人生旅程的精神之光；而且可以时时反顾，是能够返归的生命之根。不错，阅读这类书，就如同漫游于人类所创造的精神世界，可以极大地扩展一个人的精神生活空间，可以极大地提高一个人的精神生活质量，可以在同创造人类与民族精神财富的大师、巨人、智者的对话中，重新经历他们在书中所描绘的生活，使自己的人生达到一个前所未有的精神境界。

二是可以多读一些所谓的"杂书""闲书"。这类书当然无法归入经典之列，但在人类社会的文化史上，它们是对经典的有益补充。如果说经典是主食的话，那么"杂书""闲书"就是"零食"。在大餐之余，大家吃一点"零食"，不也是很有意思的吗？比如，中国古代的《世说新语》《笑林广记》《唐宋传奇》等等，中国现代的杂文、小品文、游记等等。这类书妙趣横生，可以帮人"开胃"，多读可以增添自己的生活乐趣，可以提高自己的审美趣味，可以提升自己的人生智慧，可以丰富自己的精神世界，还可以训练自己的鉴赏能力。

三是还要读一些与自己的生活、工作息息相关的书。这类书可以提高自己的生活质量，可以提高自己的工作效率。比如，计算机应用技术、办公自动化、健康保健、家庭生活等方面的书籍，在闲暇之余，读一读，掌握一些比较科学的生活、工作技能，同样可以提升一个人的生活和工作品质。

当然，一个读书人，要从事某个专业，并且要把专业做精，光靠浏览性多读是远远不够的，还必须有重点地进行精读深思。虽然没有广泛的阅读，没有广博的知识基础，专业的"金字塔"筑不起来，但没有精深的阅读，没有精湛的专业这个"塔尖"，同样筑不起"金字塔"。所以，一个从事某种专业的人，必须学会精读，进行有深度的阅读。

那么，哪些书籍必须进行精读呢？

一是自己专业领域的经典著作。这类著作我们不妨称之为"专业经典"。比如，《论语》、夸美纽斯《大教育论》、赫尔巴特《普通教育学》、约翰·洛克《教育漫话》、《苏霍姆林斯基文集》、《陶行知文集》等等，都是专业经典著作，对这些书，从事教育专业的人，都必须读熟、读透，深刻地加以理解，这样你才能给自己的专业思想打上厚重的底色，才能有专业上的精度，认识上的深度，思想上的高度。

二是自己专业领域前沿的重要著作。这类书代表本专业发展的最新水平。这些著作在将来也许未必能够成为经典，但标志着专业发展的现状和方向。我们不妨称之为"准经典"。一个人要跟上时代发展的步伐，对这样的著作也要认真阅读，否则，你会被认为是故步自封、画地为牢的落伍者。比如，加德纳《多元智能》、斯腾伯格《成功智力》、朱永新《新教育之梦》等等，这类书籍，认真去研读一番，你在专业上就会与时俱进，观念上就会与时代同步。

如果说，经典著作可以让人厚重的话，前沿著作则可以让人激越。精读这些专业经典或准经典著作，你就会在理念上站得更高、看得更远、想得更深；你就会在专业上得心应手，登堂入室；你就会在学问上厚积薄发，左右逢源。

36. 教育写作是教师专业发展的助推器

　　教师的专业要发展，必须多读书，这是没错的，但仅仅靠多读书是不够的，教师在多读的同时，还要多写。光读不写，不仅容易导致眼高手低，而且将会影响阅读的质量。所以，一个教师，要想自己在专业上有较快的发展，就要做到读写结合。在工作之余，不妨拿起笔来，多进行教育写作。华东师范大学叶澜教授曾说，一个教师写一辈子教案不一定成为名师；如果一个教师能写三年反思就有可能成为名师。可见，教育写作在促进教师专业成长方面具有不可替代的作用。

　　写作可以提高阅读的质量。读和写是一个问题的两面，阅读是吸收，写作是表达，两者相辅相成，相得益彰。读多了，就会有写的冲动；读多了，材料积累多了，写起来就比较顺手。反过来，写多了，对阅读的广度和深度就有了更明确的要求和目标，对阅读的方法也会有更多的调整和优化，从而不断提高自己阅读的水平和效率，阅读质量也会螺旋式地提高。

写作可以增强思维的逻辑性。有专家认为，写作是训练一个人的思维品质的最好方式之一。教师的工作特点是教书育人，几乎每天都离不开读和写，所以，通过阅读和写作来训练自己的思维品质，对教师来说是再方便不过了。课堂教学是教师最重要的工作平台，课堂教学的质量是衡量一个教师教学水平的重要标志，直接关系到教育的质量。一个优秀的教师，课堂教学往往重点突出、难点突破、思路清晰、语言流畅、逻辑严密，而要做到这些，教师就必须有良好的思维品质，有很强的逻辑思维。而进行教育写作，则可以改善思维品质，强化思维能力，增强思维的逻辑性。

写作可以增强表达能力。写作是一种表达，多写，就是多表达。事实证明，一个人要准确而又艺术地表达自己的思想和感情，是要经过长期训练的。我们不否认有的人在这些方面会有某种天赋，但对于大多数人来说，没有付出，就不会有收获；没有努力，就不会有成功。所以，一个教师无论是要增强自己的口头表达能力还是书面表达能力，都必须多读多写。许多名师的成长过程表明，教育写作在不断增强他们的书面表达能力的同时，也极大地增强了他们的口头表达能力，从而提升了他们的整体素质。

写作是教育反思的最佳载体。有人说，没有反思就没有进步。这话虽然说得有些绝对，但也并非毫无道理。教育实践也已证明，教育反思是促进教师专业发展的最佳途径。而教育写作则可以帮助教师"凝固"自己的教育思想、教育策略和教育智慧，使之容易交流、推广、复制，从而让更多的人学习、借鉴、共享、受益。同时，教育写作让教师记录下自己的教育历程、成长轨迹、值得总结或吸取的经验或教训等等，从而激发了教师的使命感、成熟感、自豪感和幸福感，让教师充分享受工作的快乐、使命的光荣、职业的尊严和人生的美好。

教育写作可以让教师更有思想、更有底气、更有境界，可以帮助教师走上名师之路，可以帮助名师走上名家之路。

第二辑

教育的人文关怀

37. 何谓名校

　　平时，总会听到有一些学校出于某种需要标榜自己是某某名校。那么，到底是什么样的学校才可以称为名校呢？是历史悠久的学校？是校园漂亮的学校？是有名校长的学校？是有名师的学校？是升学率高的学校？是获奖多的学校？如此等等，恐怕都无法让人信服。其实，所谓名校是没有统一标准的，而且不同区域的学校差别也很大。不过，既然是名校，当然也应该具备一些基本的条件。笔者认为，所谓名校，至少要具备下面四个条件。

　　一是校长必须有思想。苏霍姆林斯基认为，学校的领导，首先应该是思想的领导。校长作为学校的领导核心，必须站得高，看得远，必须有自己的办学理念，有自己的教育思想。校长没有思想，学校就没有了灵魂。所以，凡是名校，必然有一位既有思想宽度，又有思想高度的掌门人——校长。由这位校长领导大家来确立学校的办学目标和发展愿景，来激发广大教师的积极性，来挖掘每个师生的潜能，领导大家齐心协力地不断向共同的目标努力，不断向更高的目标迈进，在同行中赢得声誉，在社会上赢得口碑。

二是学校必须有文化。名校不仅有丰富的文化底蕴，而且具有不断创造新文化的功能，学校每天都在上演新的学校文化传奇。北京十一学校李希贵校长说："学校文化应该靠故事来传播，靠制度去延续。"不错，所谓学校文化，不仅仅是校园环境文化，更重要的是反映学校办学宗旨的，发生在校园里、师生间的一个个感人的教育故事。正是这样的一些教育故事构成了学校文化的主体，成了一所名校的标志性元素。

三是教师必须有理想。优秀的教师，都是有理想的教师。一个缺乏教育理想的教师，无论先天素质多好，也不会飞得太高，走得太远。苏州大学朱永新教授说："教育与理想是一对孪生兄弟。教育是培养人的事业。人是物质与精神的统一体，人不同于其他动物的重要特点是人的精神性。人的精神性注定人不仅仅是为了当下而活着，支撑人活着的往往是理想，而人的生命价值，也往往与理想有密切的关系。"所以，一个教师，有了理想，就会不断增强责任心和使命感，就会不断挑战自我、超越自我，走向优秀、走向卓越；书写既属于自己又属于学校，既造福于学生又造福于社会的精彩传奇；成为学校的骄傲，创造自己生命的奇迹，成就自己圆满的人生。因此，一所名校就必须打造一支有理想的教师队伍。

四是学生必须有个性。现在，我们评价中小学校，往往会说"千校一面，千人一面"，意思是每个学校都差不多一个模式，每个学生都差不多一个样子。这话虽然说得有些片面，有些绝对，但也确实戳到了我国中小学校的软肋：学校办不出自己的特色，学生培养不出自己的特长。学校在特色培育方面，学生在个性发展方面，走进了怪圈。所以，一所学校要想成为名校，就必须在发展学生的个性方面下功夫。只有充分发展学生的个性，才能回归教育的本质，才能彰显学校的活力，才能让学校脱颖而出，达到"会当凌绝顶，一览众山小"的境界。

如果一所学校在以上四个方面都能成为区域内同类学校的标杆，那么，毫无疑问，这所学校就是当地的名校。

38. 教育的情怀

　　什么是"情怀"?《现代汉语词典》的解释是"含有某种感情的心境"。所谓"教育的情怀",顾名思义,就是对教育工作、学生和学校的思想感情。

　　其实,一个人做任何事情,都需要有一种情怀。由于教育工作的特殊性,教育对这种情怀的要求更高。因为,教育从本质上来说就是培育人性,张扬人的个性,完善人的悟性,培养人的善心,是一种需要以心灵召唤心灵的神圣工作。

　　教育的情怀源自对教育事业的热爱。爱是教育的起点,也是教育的归宿。没有爱就没有教育。爱教育,就会对教育满怀理想,树立坚定的信念,并终身为之奋斗,乐此不疲,无怨无悔。爱教育,就会对教育呕心沥血,乐于奉献,不计得失,把它视为自己人生价值的体现。爱教育,就会为教育的改革与发展贡献自己的智慧，凭借自己的能力、水平和意志，推动教育事业的发展。

教育的情怀源自对学生的热爱。爱生如子，教书育人。爱学生，就会关心学生的身心健康成长。爱学生，就会时刻了解学生的喜怒哀乐，喜学生之所喜，怒学生之所怒，哀学生之所哀，乐学生之所乐。爱学生，就会发自内心地尊重每一个学生，努力发现每个学生的个性差异，以欣赏的态度发现每个学生的闪光点，关注每个学生的精神生活。爱学生，就会认真学习科学的教育理论，掌握孩子的成长规律和学生的学习规律，探索科学的育人方法和教学方法，努力成为教书育人的真正专家。

教育的情怀源自爱学校。凡是爱教育、爱学生的教师，必然爱校如家，甚至以校为家。具有深厚教育情怀的教师，对学校都会有一种无法割舍的亲切和依恋。学校的一砖一瓦、一草一木似乎都是有生命的，有情感的，会说话的。只要身临其境，就有一种说不出的安定、满足、充实和激动，心灵就会得到安宁，心情就会得到平静，精神就会得到振奋，梦想就会得到唤醒。学校是有志于从事教育工作者的心灵港湾，哪怕退休离校多年，学校仍然是他们魂牵梦萦的精神家园，他们仍然时不时地会有回到学校去走一走、看一看的冲动。

教育的情怀是一坛让人无法释怀的醇厚香浓的老酒，历久弥香。

39. 过有高度的人生

在社会上，几乎每个人都希望自己从事体面风光的职业，都希望自己能过一个有尊严、有高度的人生。但是，在现实中，不同的人会从事不同的职业，不同的人也会有不同的人生。

那么，一个人的人生到底是由什么决定的呢？我们先讲一个故事：

有一位哲学家带弟子们出行。途中，他问弟子："有一种东西，跑得比光速还快，瞬间能穿越银河系，到达遥远的地方，这是什么？"

弟子们争着回答："思想。"

哲学家微笑着点点头，继续说："那么，有另外一种东西，跑得比乌龟慢，当春花怒放时，它还停留在冬天，当头发雪白时，它仍然是个小孩子的模样，那又是什么?"

弟子们不知如何回答。

"还有,不前进也不后退,没出生也不死亡,始终漂浮在一个定点。谁能告诉我,这是什么呢?"

弟子们更加茫然。

"答案都是思想。它们是思想的三种表现,换个角度来看,也可以比喻成三种人生。"

哲学家解释说,第一种是积极奋斗的人生,当一个人不断力争上游,对明天永远充满希望和信心时,这种人的心灵就不受时空限制,他就好比一支射出去的箭,总有一天会超越光速,凌驾万物之上。

第二种是懒惰的人生。他永远落在别人的屁股后面,捡拾他人丢弃的东西,这种人注定被遗忘。

第三种是醉生梦死的人生。当一个人放弃努力、苟且偷安时,他的命运是冰封的,没有任何机会来敲门,不快乐也无所谓痛苦。这是一个注定悲哀的人,像水母的空壳漂浮于海中,不存在于现实世界,也不在梦境里。

不错,思想决定人生。这也是美国励志大师厄尔·南丁格尔反复强调的一句话。思想的高度决定人生境界的高度,人生境界的高度决定人生的高度。

思想决定一个人的人生目标。我们不妨再讲一个故事:

比塞尔是非洲西撒哈拉沙漠中的一个小村庄,它靠在一块一点五平方千米的绿洲旁,可是在肯·莱文1962年发现它之前,这里的人没有一个走出过大沙漠。肯·莱文作为英国皇家学院的院士，当然不相信这种说法。他用手语向这里的人问其原因，结果每个人的回答都是一样：从这儿无论向哪个方向走，最后都还是要转到这个地方来。为了证实这种说法的真伪，他做了一次实验，从比塞尔向北走，结果三天半就走了出来。

比塞尔人为什么走不出来呢？肯·莱文对此非常纳闷。最后，他只得雇一个比塞尔人，让他带路，看看情况到底如何。他们带了半个月的水，牵上两匹骆驼，肯·莱文收起指南针等现代化设备，只拄一根木棍跟在后面。十天过去了，他们走了数百千米的路程。第十一天的早晨，一块绿洲出现在眼前。他们果然又回到了比塞尔。这一次，肯·莱文终于明白了，比塞尔人之所以走不出沙漠，是因为他们根本不认识北斗星。

在一望无际的沙漠里，一个人如果凭着感觉往前走，他会走出许许多多大小不一的圆圈，最后的足迹十有八九是一把卷尺的形状。比塞尔村庄处在浩瀚的沙漠中间，方圆上千千米没有一点参照物，若不认识北斗星又没有指南针，想走出沙漠，确实是不可能的。

肯·莱文在离开比塞尔时，带了一个叫阿古特尔的青年，这个青年就是上次和他合作的人，他告诉这个小伙子，只要白天休息，夜晚朝北面那颗最亮的星走，就能走出沙漠。阿古特尔跟着肯·莱文，三天之后果然来到了大沙漠的边缘。

现在，比塞尔成了西撒哈拉沙漠中的一颗明珠，每年有数以万计的旅游者来到这里，阿古特尔作为比塞尔的开拓者，他的铜像被竖在小城中央。铜像的底座上刻着一行字：新生活是从选定方向开始的。

一个人有无人生目标，对一个人的人生能否成功非常重要；一个人人生目标的高低与一个人的成就大小，也很有关系。虽然，我们不赞成好高骛远、脱离实际的人生目标，但每一个人，根据自己的能力和所处的环境设定一个奋斗的目标，还是非常有必要的。一个人没有人生目标，就没有动力，就没有人生方向。我们每个年轻人，不妨根据自己的实际，给自己设定一个近期目标、中期目标和远期目标，一步一步地去努力，即使最终无法实现自己所设定的最后目标，也要比没有目标盲目地生活、盲目地工作走得更远，走得更好，收获更多的成果，取得更大的成就。这与古人所说"求其上，得其中；求其中，得其下"的道理是一样的。

思想决定一个人的人生态度。我们再讲一个互联网上广为流传的故事：

> 三个工人在砌一面墙。有一个好管闲事的人过来问："你们在干什么？"
>
> 第一个工人爱理不理地说："没看见吗？我在砌墙。"
>
> 第二个工人抬头看了一眼好管闲事的人，说："我们在盖一幢楼房。"
>
> 第三个工人真诚而又自信地说："我们在建一座城市。"
>
> 十多年后，第一个人在另一个工地上砌墙；第二个人坐在办公室中画图纸，他成了工程师；第三个人呢，成了一家房地产公司的总裁，是前两个人的老板。

态度决定高度，仅仅十几年时间，三个人的命运就发生了截然不同的变化。是什么原因导致这样的结果呢？是态度。

一个人有什么样的思想，就会有什么样的心态；有什么样的心态，就会有什么样的工作态度；有什么样的工作态度，就会有什么样的工作状态；有什么样的工作状态，就会有什么样的工作结果。有努力必有回报。第一个工人的思想是悲观的，心态是消极的，心情是郁闷的，他总是在抱怨生活的不公，想的都是一些不愉快的事情，回答别人的问题时也是满肚子的怨气。带着这种消极的心态去看世界，世界是暗淡的，是灰色的，是看不到希望的。所以，他的工作是被动的，工作状态是敷衍了事的，只求无过，不求有功，这样的人生态度，怎会有好的发展？怎会有好的人生？

第二个工人要比第一个工人心态好，所以，尽管他也是在砌墙，但他对待工作的态度却要好得多，工作也要认真得多。他没有把砌墙当作一项孤立的工作，而是把砌墙当作建造一幢楼。所以，他的眼光更高，眼界更宽，对人生境界的追求也更高一些。所以，十几年以后，他成了一名建筑工程师，也就不奇怪了。

第三个工人的思想境界就要高人一筹了。思想境界一高，心态就不同了，工作态度当然也不一样了。砌墙工作是辛苦的，但他站得高，看得远，在他眼里，万丈高楼平地起，一座座城市是由一幢幢楼房组成的，一幢幢楼房是由一面面墙组成的。砌墙就是建城，就是创造美好的生活，就是一项伟大的事业。所以，他对待工作才会那么认真，他的回答才会那么自信。十几年以后，他成了老板就不足为奇了。

所以，一个人拥有怎样的思想境界，就会拥有怎样的人生态度，就会收获怎样的人生高度。

思想决定一个人的执行力。一个人有想法也好，有人生目标也好，有好的心态也好，最终必须付诸实践，付诸行动，也就是人们所说的要有执行力。人的一生中，要紧处只有几步，机会转瞬即逝。如何使自己的生命更有意义，生活更有价值，态度至关重要，但假如缺乏执行力，也会延误时机，甚至坐失良机。哲人说过，如果我们做一件事，总是畏首畏尾，还没有开始就老是惦记失败，那么，这件事多半会以失败告终。所以，一个有思想的人，一个有目标的人，就要用行动来验证自己的思想，来达到自己的人生目标。只要你锲而不舍，心无旁骛，百折不挠，勇往直前，没有克服不了的困难，没有跨越不了的挫折。道路是曲折的，但前途始终是光明的。行动的能力将最终决定你的人生价值和人生高度。

40.办教育要有定力

什么是好学校？办出自己特色的学校就是好学校。什么是好的教育？符合教育规律的教育就是好的教育。但是，事实上，一所学校无论是要办出特色，还是遵循教育规律，都并非易事，绝不是一日之功，要靠长期的坚持、长期的努力。在这长期的坚持与努力之中，学校领导班子和全体教师的同心同德、齐心协力至关重要，但作为学校"精神领袖"的校长无疑起着关键作用。

教育的对象是人，学校教育的根本任务是促进学生的全面发展。肖川教授说："人只能由人来建树，心灵只能由心灵来感召。"所以，教育注定是一项复杂的系统工程，是一项慢的艺术，靠的是慢工、文火、细活，所有从事教育工作的人，都应该有充分的心理准备，自己面临的是一场场"持久战"。因此，每一位教育工作者都必须有耐心，有恒心，有定力。

要坚守学校的办学宗旨。所谓办学宗旨就是学校教育的最终目的，也就是学校教育培养什么样的人。这既不能违背国家的教育方针，又必须从校情出发。办学宗旨是对学校办学理念的高度概括，是学校全体师生的共同信念和追求，需要全体师生共同坚守。

要坚守学校的办学目标。办学目标是根据学校的办学宗旨制定的学校发展愿景。学校的办学目标应该有近期目标、中期目标和远期目标。学校管理者，特别是一校之长，要富有远见卓识，要审时度势，要具有广阔的视野，要具有前瞻性的眼光，要具有先进的教育理念，给学校的发展目标做出比较准确的定位。办学目标一旦确定，就要成为全校师生的共同意志，全校师生要共同坚守，为达到各个阶段的目标而共同努力。

要坚守教育规律。办教育必须遵循教育规律，这是常识，也是常理。但要坚守教育规律也并非易事。由于各种各样的主观客观的原因，违反教育规律的做法时有所闻，时有所见。学校的发展、学生的学习、学生的成长与发展、教师的教学与专业发展等等，都有其规律。学校的管理者必须有定力，静下心来，认真琢磨，深入思考，潜心研究。要追求有效果的教育，要构建有品质的课堂，要开展有意义的活动，要组织有价值的竞赛，遵循教育规律不动摇，循序渐进，一步一个脚印地推进学校的教育工作。

要坚守学校的办学特色。学校的特色是什么？通俗地说就是人无我有、人有我优、人优我精的特点。好学校往往是有特色的学校，而一所有特色的学校也往往会成为一所好学校。这样的学校不仅有口碑、有活力，而且有强劲的发展动力。一所学校要办出特色，办学宗旨要明确，办学目标的定位要准确，特色建设项目的选择要精准，建设路径要正确，措施要有力。而且面对社会的变化，面对困难与挫折，面对诱惑，要始终不忘初心，站在教育的本真立场，秉持坚韧的教育定力，不动摇，不懈怠，不折腾，扎扎实实地推进学校的特色建设，促进学校的内涵发展，提升学校的办学品位。实践证明，一所学校，见异思迁，随意跟风，去年学"洋思"，今年学"杜郎口"，去年搞"学案导学"，今年搞"尝试教学"，方向年年改，项目年年变，那是永远也形成不了自己的办学特色的。

办教育要有定力，有了定力，才能静下来，才能凝聚力量，才能同心协力，才能走得更稳，才能走得更快，才能走得更远。

41. 守护教师的尊严

　　世界上，每个人都希望自己过着体面而有尊严的生活，每个行业的人，也都希望自己所从事的是体面而又受人尊敬的职业。在我国，教师作为一门职业，千百年来，社会地位一直不算低。虽然在民间也有"家有三斗粮，不当孩子王"的说法，但在正式场合，教师还是比较受人尊重的。中国古代就有"天地君亲师"一说。民间也有"一日为师，终身为父"的说法。特别是我国实行改革开放以来，国家把教育摆在了优先发展的地位，整个社会的尊师重教的舆论氛围逐渐形成。

　　然而，近年来，随着社会商品经济的快速发展，人们追求物质财富的欲望日趋强烈，人们的职业道德受到了前所未有的挑战。一些教师也在这商品经济大潮的冲击下，迷失了方向，对自己的职业信念、职业理想产生了动摇，对自己的职业操守、职业道德降低了标准。教师违反职业道德的行为时有所见，时有所闻，成了教师行业的一个个毒瘤，饱受诟病，严重损害了教师的良好形象，也让教师失去了应有的职业尊严。

那么，我们应该用什么来守护教师的尊严呢？

一是维护法律的权威。法治社会必须依法办事，要维护国家的《教育法》《教师法》等一系列法律法规的权威。法律既是维护教师权益的制度保障，也是惩处违法教师的制度依据。一方面，社会既要依法保障教师的施教权、发展权；另一方面，社会又要依法保障教师的物质利益。既要马儿跑得快，又要马儿不吃草，那是不可能的。具备基本的物质基础，是教师享有职业尊严的最基本的保障条件。只有严格依法严惩侵害教师权益的行为和教师行业的害群之马，才能保障教师的合法权益和职业尊严。

二是提高教师的专业素养。有专家说，专业是保障教师获得职业尊严的重要条件。一方面，政府部门要不断提高教师这一职业的入职门槛，不断提高其专业性要求。另一方面，在职教师要不断学习、反思、研究，不断提高自己的专业素养；要深谙教育原理，掌握教育规律。只有专业，才能做一个称职的教师；只有做一个称职的教师，才能获得学生、家长和社会的认可和尊重，才能享有职业的尊严。

三是丰富教师的教育智慧。教师的工作对象是人，教师的工作任务是教书育人，而学生是一个不断变化、不断发展的群体。从这个角度来看，教师的工作充满不确定性，也充满挑战性。这就要求在工作中不仅具有专业素养，还具有教育智慧，用以解决教育或教学中的各种问题。专业可以保证教师正确地施教，智慧则可以保证教师卓越地施教。专业，只能保证你做一个称职的教师；只有智慧，才能保证你做一个卓越的教师。如果你既不学习，又不写作，既不反思，又不研究，那么既不能保证你拥有专业,更不能保证你拥有智慧。所以,作为教师,不断地进行专业修炼,丰富自己的教育智慧,是获得职业尊严的重要条件。

四是提升教师的师德修养。学高为师,身正为范。教师的师德会影响学生的一生。一个教师师德修养的高低是衡量一个教师优劣的重要标志。当前,一些教师不被学生、家长乃至社会所尊重,原因主要是这些教师的师德出了问题。比如,有的教师热衷于有偿家教,有的教师办各种补习班,向学生收取高额的学费,有的教师向学生推销各种教辅用书,有的教师向家长推销产品,有的教师在节日暗示学生让家长送礼,等等,五花八门,不一而足。目的只有一个,通过学生获得好处。这些做法,师德何在?这样的教师,尊严何在?一个教师,要想赢得学生、家长和社会的尊敬,首先,必须热爱学生。陶行知先生说,没有爱就没有教育。只有热爱学生,才会有耐心,才会有宽容之心,才会和学生心贴心;只有热爱学生,才会想学生之所想,才会做学生之所做,才不会把学生当作自己赚钱的工具。其次,必须不计得失,默默奉献。教师的工作责任重大,因为教师肩负着培养下一代接班人和建设者的重任。但教师的工作又是辛苦的,由于社会经济条件的制约,许多学校的办学条件还比较差,教师的工作条件艰苦,教师的物质待遇也不高,许多教师甚至还过着相对清贫的生活。但教师绝不能根据待遇来对待自己的工作,来对待自己的学生,而是要以社会责任为己任,勤恳工作,以自己的崇高品德陶冶学生,以自己的高尚人格感染学生,以自己的博大胸怀爱护学生,以自己的奉献精神感动学生。只有这样,学生才会"亲其师,信其道",教师才会享有真正的职业尊严。

这里,我想引用一位教师的一段话来作为本文的结语:

我们有什么？我们有丰富的学识，我们有一颗深爱学生的心，我们有崇高的品德，我们有丰富真挚的情感，我们有一颗纯洁善良的心灵，我们有奉献的精神。这就是我们值得社会尊重的唯一理由，我们教师的尊严只有靠它来守护。

42. 学校应该引领教师的发展

　　学校是学生学习、发展的场所，同时也是教师学习、发展的场所，教师应该与学生一起成长。只有这样，教师才能不落伍，学校才能不断培养出适应社会发展需要的人才。

　　教与学是一对矛盾统一体，教是手段，学是目的。只有教师教得好，学生才能学得好；只有教与学和谐统一，才能达到教学相长的境界。

　　有一个好校长，就有一所好学校；有一所好学校，就有一批好教师；有一批好教师，就有一批好学生。校长、教师、学生，相辅相成，相得益彰。

　　学校不仅要让学生道德有成长，学业有成就，精神有寄托，而且要让教师品德有提升，事业有发展，心灵有栖息。

　　学校要关注教师的师德修养。学高为师，身正为范，教师是学生的榜样。没有崇高的师德，何以为师？众所周知，随着改革开放的不断深入，人们的人生观、价值观发生了很大变化，教师当然也不例外，师德问题已成为众人非议的重要话题。对此，学校必须给予高度重视，加强对教师的师德教育，切实提高教师的师德修养，这已是当务之急。

学校应该关注教师的教育信念。有人说，教育不是简单的操作性行为，而是基于信念的事业，因为真正的教育是精神的创生和心灵的感召。正因为人只能由人来培养，心灵只能由心灵来感召，人格只能由人格来塑造，所以，教师将是一个永恒的职业，没有教育信念的教师，绝不可能成为优秀的教育工作者。因此，学校必须关注教师的教育理想，培养教师对教育的忠诚，使教师把教育当作自己的一项事业，并保持对理想社会和理想人生的执着追求，树立终身从教和终身探索的信念。

学校要关注教师的育人理念。教育不仅是一项事业，而且是一门科学，因而必须讲求教育的科学性。没有爱就没有教育，没有科学也没有教育。因此，教师必须有先进科学的教育理念，才能培养人格完善、精神充实、充满理想、健康向上的一代新人。在校本培训中，要理念先行，首先得解决教师的教育观念问题，使教师真正树立起素质教育观念，在教育实践中全面实施素质教育。

学校还要关注教师的教育艺术。教育是一门艺术，需要广大教师不断创新。随着社会的不断发展和科技的不断进步，教育的方法和手段也在不断变化，教师必须不断研究教育内容、教育对象、教育方法和教育媒介，采用学生喜闻乐见的方式进行教育，让学生喜欢学，学得好。因此，在校本培训中，要切实改进广大教师的教育方法，不断提高广大教师的教育艺术水平，让教师真正成为学生的良师益友，真正无愧于"人类灵魂工程师"的光荣称号。

43. 教育也需要有"工匠精神"

当前，全国上下的制造业都在大力倡导"工匠精神"，以期生产出更多的优质产品，满足广大人民群众日益提高的对高品质产品的需求。什么是"工匠精神"？就是精益求精的精神。其实，不仅制造业需要这种精神，其他行业也同样需要这种精神。学校是培养人才的地方，当然也需要这种精神为企业"锻造"一大批"能工巧匠"，为社会培养大批量高素质的建设人才。

中小学教育作为我国的基础教育，是为高素质人才的培养打基础的。万丈高楼平地起，基础不牢，地动山摇。所以，基础教育至关重要。细节决定成败，中小学的教育管理要从大处着眼，从小处着手，也要提倡精益求精的"工匠精神"，进行精细化的管理。

学校的德育工作需要"工匠精神"。当前，中小学校纷纷把"立德树人"作为学校的办学目标，但是德育工作不能搞运动，不能"暴风骤雨"，而是要"和风细雨"，润物无声，以情感人，以理服人，以心灵召唤心灵。有人说，成功的德育就像融化在汤里的盐，味道无处不在却不见痕迹。这就需要广大教育工作者具有精益求精的"工匠精神"，精心设计德育项目，精心安排活动过程，耐心而又细致地做好学生的思想工作和心理辅导，化解学生的思想问题、道德问题和心理问题。

学校的教学工作需要"工匠精神"。学校的教学管理工作重在过程管理，而过程管理的关键是要推进精细化管理。教师的备课、上课、辅导、改作业、考查考核等教学环节，都需要教师认真思考、刻苦钻研、精心设计、精益求精。缺乏这种"工匠精神"，课堂教学就不可能有高效率，有高质量。凡是真正的名师，凡是成功的教学模式，都是经过"工匠精神"磨炼打造出来的。江苏洋思中学的"四清"教学模式是这样，山东杜郎口中学的"三三六"自主学习教学模式也是这样。

学校的后勤管理工作同样也需要"工匠精神"，推进精细化管理。缺乏这种精益求精的精神，管理就不会到位，工作就会流于粗疏，甚至漏洞百出，导致学校大量资源的浪费。

其实，在我们的中小学校，并不缺乏具有"工匠精神"的教师。许多教师都有独门绝技，都有自己的特长，或在艺术素养方面，或在体育运动方面，或在信息技术方面，或在其他教学基本功方面。而这些技艺和特长都是凭借勤学苦练、精益求精的"工匠精神"练就的。当然，我们在这里提倡"工匠精神"，并不是只要求教师做一个在某些方面有技艺特长的"教书匠"，我们倡导"工匠精神"的目的是鼓励教师在努力磨炼自己的技艺特长和教学基本功的基础上，努力去掌握教育规律，提升自己的教育艺术水平，从而使自己真正成为一名既匠气十足，又底气十足，甚至是霸气十足的具有高超教育艺术的专家。

44. 打造有智慧的学校教育

随着社会的不断进步和公民素质的全面提高，对教育的要求也越来越高。学校要满足日益提高的人民群众对教育的期望，就必须与时俱进，积极探索，不断提升教育的品质。学校不仅要让学生完成学业，更要让学生学会自主学习；不仅要传授学科知识，更要让学生学以致用，培养智慧；不仅要传播思想，更要训练学生的思维，让我们的学校教育更有智慧，更有品质。

学校要注重学生自主学习能力的培养。教育家叶圣陶先生说过，教是为了不教。所以，教育的功能之一就是培养学生的自主学习能力。教师不可能跟着学生一辈子，学生具有自主学习的能力，就能自我发展。因此，培养学生的自主学习能力是学校的一项重要任务。要培养学生的自主学习能力，首先要激发学生的学习兴趣，兴趣是最好的老师，有了学习的兴趣就有了学习的动力。同时，教师要加强学法指导，让学生学会阅读、学会思考、学会质疑、学会选择、学会探究，指导学生总结个性化的学习方法，培养学生独立解决问题的能力。

学校要注重学生思维品质的培养。肖川教授说："教育不是要封闭人们的思想，而是要解放人们的头脑。"要解放人们的头脑，就要让人们具有高品质的思维。而思维能力是学习能力的核心，所以，学校教育重视学生思维品质的培养，就是为学生的学习能力、为学校的智慧教育奠定坚实的基础。

要培养学生的广阔性思维和深刻性思维。所谓广阔性思维是指思维的广度，要培养学生全面地看问题、全面地分析问题的思维品质，防止看问题的片面性。所谓深刻性思维是指思维的深度，要培养学生透过纷繁复杂的现象发现事物的本质或规律的思维品质。要引导学生摈弃学习不求甚解的态度，养成追根究底、深钻细研的思维习惯。

要培养学生的灵活性思维和敏捷性思维。所谓灵活性思维是指思维的变通性，要培养学生根据情况的需要和变化，审时度势，因势利导，及时提出符合实际情况的解决问题的方法的思维品质。所谓敏捷性思维，是指能够迅速发现问题和解决问题的思维品质。在教学中，要训练学生快速学习、快速思考、快速解决问题的能力。

要培养学生的独立性思维和批判性思维。所谓独立性思维是指独立地发现问题、分析问题和解决问题的思维品质。教学中要引导学生开展个性化的学习，保持学习的独立性，保持应有的好奇心，增强独立判断能力。所谓批判性思维是指从实际出发，严格地根据客观标准评价他人的思维成果的思维品质。教学中要引导学生培养质疑的习惯和不轻信、不盲从、不满足于已有结论、不相信唯一正确解释的习惯。

要培养学生的整体性思维和独创性思维。所谓整体性思维是指看问题能从整体出发，抓住问题的各个方面，处理好整体与局部的关系的思维品质。这种思维品质有利于学生掌握知识的系统性，发现新旧知识的联系与区别，达到知识的融会贯通。教学中要引导学生学会对知识的分解和归纳、分析和总结。所谓独创性思维是指思维的创新性品质。也就是说，人们在思考、解决问题时不仅要求同，更要求异，创造性地提出解决问题的方法。教学中要让学生多进行一题多解、一题多变、多元化理解的发散性思维训练，加强求异、求变、创新等意识的培养，增强学生的问题意识和探究意识。

学校要注重学生实践能力的培养。实践是知识转化为生产力的重要环节，这种转化的能力就是智慧。所以，我们也可以说，智慧就是知识的生活化，知识的生产化，知识的实践化。有人说，人的智慧就在指尖上，虽然说得不准确、不全面，但也并非毫无道理。实践出真知，是一条颠扑不破的真理。因此，学校教育不能忽视学生的实践环节，培养学生的实践能力是学校教育的重要目标之一。学校教育应该加强教学的生活化，改进并强化实验教学，加强劳动教育、应用技术训练和社会实践，增强学生运用所学知识解决实际问题的能力，改变当前学生有知识、缺智慧、善于书面考试、缺乏实践能力的局面，让我们的学生知识与智慧、学习能力与实践能力得到同步提升，形成良性发展。

45. 打造有品质的学校教育

当前，中小学校处于一个转型期，普遍从硬件建设转向内涵发展，优质中小学校纷纷提出打造品质教育的目标。比如，有的学校提出"品质高尚、品位高雅、品学兼优、品行兼顾"的办学目标，有的学校则提出了"高的素质、好的品德、好的行为、高雅的特长、良好的体质"的办学目标，等等，不一而足。笔者认为，中小学校要打造有品质的教育，就要全面贯彻国家教育方针，就要全面推进素质教育，就要全面落实学生的核心素养。

一是全面夯实学生的文化基础。一所学校要夯实学生的文化基础，就要重视学科基础知识的教学。这里所说的基础知识，既包括人文学科基础知识，也包括科学学科基础知识，还包括艺术学科基础知识。重视基础知识的教学是我国基础教育的优良传统，对这个传统，我们只能加强，不能弱化。没有优质的学科教学，就不可能有高素质的学生。人文教人求善，科学教人求真，艺术教人求美。一个人的精神世界，不能没有科学，也不能没有艺术，更不能没有人文。我们要培养全面发展的人，就要全面加强学科教学，全面夯实学生的基础知识，全面丰富并提升学生的人文精神、艺术精神和科学精神。没有优质的学科教学，培养学生的人文素养、艺术素养和科学精神，都是空中楼阁、海市蜃楼。

二是全面增强学生的自主发展能力。老一辈教育家叶圣陶先生说过，教是为了不教。就是说，教育要培养学生自主学习、自我发展的能力。学生的自主发展能力来自哪里？来自学生的阅读和思考。因此，中小学校务必高度重视学生阅读兴趣的激发和良好阅读习惯的培养。学生一旦具有良好的阅读习惯，就可以自主学习，无师自通。同时，中小学校也要重视学生思考能力的培养。思考能力是学生自主发展的发动机，可以源源不断地为学生的发展提供动力。此外，中小学校还要十分重视学生问题意识的培养，全面增强学生提出问题、分析问题和解决问题的能力。学生学习知识不是目的，解决问题才是目的，才是教育的落脚点。缺乏问题意识，不能解决问题的学生，谈不上是优质的学生；不能培养出具有自我发展能力的学生，谈不上是有品质的教育。

三是全面强化学生的社会责任意识。如果说社会是个大学校，那么，学校就是个小社会。中小学校有义务培养学生的社会参与意识，使其承担起自己应尽的社会责任。学校要通过教学和活动，培养学生的民族意识、国家意识、公民意识、公德意识和责任意识，树立学生的民主精神、团队精神和担当精神。古人说，天下兴亡，匹夫有责。教育学生从小有志向，从小有理想，从小有追求，时刻准备着为民族、为国家、为人民贡献自己的智慧和力量。

四是全面培养学生的实践能力和创新精神。智慧来自实践，发展来自创新。中小学校既是教授文化知识的场所，也是验证文化知识的场所；既是传承知识的场所，也是启迪智慧的场所。文化知识的生命在于创新。所以，中小学教育要把知识教学和社会实践结合起来，把学生动手实践能力和创新精神培养摆上重要位置，让实践过程成为学生把知识转化为智慧的重要环节，让实践过程成为培养学生创新精神的重要途径。没有实践能力，学生只能成为"知识容器"；没有创新精神，学生只能成为"书呆子"。这样的学生，既谈不上有素质，更谈不上有品质；这样的学校教育，当然也称不上是有品质的教育。

46. 班会课是学校德育工作的重要抓手

由于升学压力，有的中学把班会课视同鸡肋，随意挪作他用，致使班会课形同虚设、名存实亡。

其实，班会课是学校德育工作的重要抓手，是学校对学生进行思想品德教育的重要阵地。现在的学生，学习任务重，学习压力大，很需要通过班会活动来调节烦躁心理，宣泄焦虑情绪，释放心理压力。同时，学生通过班会课可以与同学互动、沟通、交流，传达正能量，传播正确的人生观和价值观。所以，重视德育的学校，富有思想和远见的校长，具有教育理想的教师，都会十分重视班会课，把班会课纳入学校德育工作的体系之中，并作为德育工作的特色项目来建设。

那么，怎样才能保证班会课的实效呢？笔者认为，至少必须做到"三化"。

一是班会课要进行主题化设计。班会课

不是传统意义上的课程，而是学校的一项德育活动。每次活动都必须具有教育意义。所以，学校必须对班会课进行设计，每课一个主题。根据年级高低，因时制宜，因地制宜，针对学生中存在的各种思想问题、道德问题、情感问题和心理问题，确定不同的主题，通过生动形象、学生喜闻乐见的方式，有的放矢地对学生进行思想教育、道德教育、情感教育和心理健康教育，发挥其德育的功能。

二是班会课要进行系列化安排。学校要根据学生的特点，分年段安排班会内容，形成系列化。不同年段有不同的德育内容，有不同的德育重点，学校应统筹安排，形成完整的德育链条，以提高学校德育工作的效果。实践证明，系列化的班会课是学校德育工作精细化、常态化、规范化和科学化的重要标志。学校不重视班会课，是急功近利的短视行为，其结果是得不偿失。

三是班会课要学生自主化组织。所谓自主化组织，就是不要让班主任唱独角戏，而是在班主任的指导、引导、监督下，由学生自主策划、组织与实施。让学生动手、动脚、动口、动脑，人人参与，充分发挥学生的积极性与主动性，充分发挥学生的聪明才智。要让班会课成为学生自我组织、自我管理、自我教育、自我成长、自我完善的重要阵地，成为培养学生组织能力、合作能力、沟通能力、协调能力，培养学生高尚品德、优良品质、健康心理的重要途径，从而促进学生的自我发展和全面发展。

总之，班会课是学校将德育工作化虚为实，使德育内容真正入"脑"、入"心"的重要平台，不仅是学校德育工作的一个重要抓手，而且是学校德育工作的一个良方。

47. 请科学地对待心理健康教育

近来，笔者参加了几次中小学心理健康教育研讨会，对心理健康教育已经引起中小学的普遍关注感到十分欣慰，但就目前中小学对学生心理健康状况的认识和心理健康教育活动感到困惑。

困惑之一：有些人随意扩大了中小学生心理健康问题的严重性。

我们在参加中小学心理健康教育研讨会时经常可以听到有关中小学生中存在心理问题的学生达到百分之四十以上的说法。2008年10月7日《文汇报》报道，我国近三成中小学生患心理障碍病。中小学生的心理问题果真这么严重吗？笔者认为，这是危言耸听，言过其实。这些结论并不是来自真正的科学的研究，而是来自一些似是而非的所谓调查。在我国的中小学生中，的确有部分学生有心理问题，甚至还有学生存在病理性的心理障碍，这是不容置疑的，但毕竟是极少数。其实，个别学生的心理障碍问题，任何一个国家都不可避免，这不是以人的意志为转移的。美国是一个发达国家，已经构建起了一个比较完善的心理干预体系，但美国的中小学每年仍然会有少数学生的心理出现问题，做出极端的心理反应。美国校园不断发生的枪击事件，就是证明。问题的关键是我们要正确认识和对待中小学生身上存在的心理问题，要用发展的眼光和宽容的心态来审视。中小学生毕竟还是一群身心正处在成长过程中的青少年儿童，他们在成长过程中会产生这样或那样的问题，包括心理问题，是在所难免的，这些成长中的问题，绝大多数是会随着他们的成长自行解决的。我们应该相信人类自身具有这种自我调整、自我完善的能力。所以，在中小学生中存在的大量所谓心理问题，其实不是真正意义上的心理健康问题，而是心智不成熟、身心在发展过程中必然要出现的"缺陷"。这种"缺陷"是不可避免的，人们用不着大惊小怪。假如，我们的孩子在心智还不成熟的青少年阶段，心理的成熟度很高，这倒是件非常可怕的事情。一个孩子，没有这样或那样幼稚的"心理问题"，那么，这个孩子还有充满幻想、充满童真的童年吗？还有"成长的烦恼"吗？一个孩子在成长过程中毫无烦恼，在大人看来其心理完全"健康"，这样的孩子还能说是正在成长中的孩子吗？这样的孩子，结果只有两个，要么是"圣人"，要么是"傻瓜"。因此，笔者认为，正在成长中的青少年儿童，存在这样或那样的心理问题，是非常正常的，也是非常自然的。相反，如果我们的孩子，在成长中毫无心理问题，这倒是一个悲剧。当然，我这么说，并不是说我们可以对中小学生的心理问题视而不见，听而不闻，放任不管，而是不要过于扩大中小学生心理问题的严重性，我们要用发展的眼光和宽容的态度来对待、引导学生，尽可能避免学生出现极端的心理问题。

困惑之二：有些人随意扩大了中小学生心理健康教育的范畴。

过犹不及。以前，我们习惯于把道德问题政治化、心理问题道德化，现在，我们又习惯于把道德问题心理化。这都不是科学的态度。从教育的角度来看，这都是反德育的做法。从笔者所参加的一些心理健康教育研讨会或观摩活动来看，有的学校在随意扩大心理健康教育的外延，把学生的一些思想道德方面的问题当作心理问题来对待，通过心理辅导课的形式来对学生进行教育，这让人觉得有些不伦不类。比如，笔者曾观摩了一所中学的心理健康教育活动。在这次活动中，一名中学心理健康辅导教师上了一堂题为"我的价值选择"的心理健康教育活动课，活动课以拍卖的方式让学生对"亲情、爱情、金钱、健康、诚信、机遇、人缘、事业、友情、实力、自信、美貌"十二个所谓"物品"进行竞拍。整堂活动课虽然热闹非凡，笑声不断，但笔者自始至终听不出这节课的目的是对学生进行心理辅导。这节课的教学内容是让学生表达自己的人生观、价值观，其实是一堂传统意义上的主题班会课，只不过是借用了社会上流行的"竞拍"方式而已。但活动设计者硬是把严肃的人生观、价值观的选择问题，通过心理健康教育活动的形式进行包装，让人觉得像穿着中山装打领带一样的别扭和滑稽，其结果是既没有充分体现对学生进行人生观、价值观教育的功能，又没有真正发挥心理辅导的作用，更为严重的是人为地扩大了心理健康教育的外延，模糊了心理健康教育的范畴，长此以往，将导致心理健康教育的无限泛化甚至虚化。心理健康教育不是一个"筐"，不要什么东西都往里装。

困惑之三：有些人随意扩大了心理健康教育的功能。

有的学校把心理健康教育当作包治百"病"的良药，以为学校一开展心理健康教育，学生的各种问题就可以迎刃而解，学校的德育工作就可以高枕无忧了。其实，心理健康教育最多只能部分解决学生的一些心理问题，并不能解决学生的所有的心理问题，更不能解决学生的思想问题和道德问题。近年来，大、中学校时有发生一些学生极端事件，如杀死父母、杀死同学、杀死教师等等。每当这种事件发生，媒体上就会出现一个相同的声音：要加强学生的心理健康教育。笔者也觉得，加强学生的心理健康教育是必要的，但不要认为只要对学生进行心理健康教育，这些事件就不会发生了。没有这么简单，心理健康教育也没有这么灵验的效果。人是一种有灵性的动物，也是一种具有复杂的思想、感情和心理的动物，更何况人还生活在十分复杂的社会中，每天面对着各种各样复杂的问题和关系。一个社会经验丰富、心智成熟的成年人尚且经常会有困惑、迷茫、痛苦甚至绝望，从而做出一些出格的举动甚至极端的行为，何况是青少年学生呢？如果只要进行心理健康教育就能解决这些问题，那国家还要建立法制干什么？还要司法系统干什么？心理健康教育解决不了社会上成年人的思想道德问题和所有的心理问题，同样也解决不了学校里学生的思想道德问题和所有的心理问题。我们只有充分认识学校心理健康教育的局限性，才能把学生的心理健康教育摆在正确的位置，科学地加以运用，发挥其应有的功能。

48.中小学校要发挥劳动的教育功能

　　出生在二十世纪五六十年代的人，都有一个深刻的印象，就是那时的中小学劳动课特别多。后来，学校劳动课越来越少，现在的中小学差不多已经没有劳动课了。

　　那么，中小学生到底需不需要在学校参加劳动呢？答案是肯定的。问题是目前有一些中小学校没有充分认识到劳动教育的意义和价值，在普遍追求教学成绩或升学率的压力面前，学生的劳动课已经名存实亡，这是学生的不幸，也是教育的悲哀。

　　在中小学全面推进素质教育过程中，劳动教育是不可或缺的教育手段。苏联伟大教育家苏霍姆林斯基认为，如果一个学生接受了十年乃至更长时间的教育，学校仅仅教给他书本上的知识，从不让他接受劳动训练，而且在他毕业时才把一把铲子交给他，让他开始劳动，那么，这对于学生来说是一个悲剧。一个脱离了劳动，没有劳动意识，没有劳动技能，更没有劳动情感的人，无论对社会还是对青少年本人来说，都是一种失败。因此，劳动要贯穿学校教育的整个过程。

劳动具有德育功能。一是劳动有利于学生养成热爱劳动和尊重劳动的情感品质。学校的劳动教育要让学生自己明白，劳动是人类生存的重要手段，物质财富是人们劳动的结果。一个人只有通过自己双手的劳动才能创造财富，才能解决自己的衣食住行，从而形成热爱劳动、尊重劳动人民的思想感情。二是劳动有利于学生养成善良的心地。学生经过消耗体力、流过汗水、有过疲乏、吃过苦头，甚至流过鲜血的劳动，心地才会变得敏感和温柔，才会懂得感恩和报答，才会变得高尚、善良、宽容和富有同情心。三是劳动有利于培养学生的自尊心和自信心。学生在劳动过程中可以展现和发挥自己的天赋和才能，从而激发起自尊、自信、自强和上进心，鼓起克服困难的勇气，这是一种很好的"自我教育"。

劳动具有智育功能。苏霍姆林斯基认为，儿童的智慧出在他的手指头上。一是劳动教育有利于学生克服学习上的困难。苏霍姆林斯基认为，学习困难的原因在于学生不能看出事物或问题的种种关系和联系，而劳动能让学生更直观地明白这些关系和联系，促进学生对事物或问题抽象性关系和联系的认识和理解，从而有利于增强学生的抽象思维能力。二是劳动有利于手脑的配合与协调。劳动过程其实是一种复杂的手脑并用的过程，信号不停地从手传导到脑，不停地从脑传导到手，这样，脑教了手，手也发展和教了脑，促进了手脑的同步和谐发展。三是劳动教育有利于促进学生创造力的发展。苏霍姆林斯基认为，学生用双手劳动可以激活大脑里一些特殊的、最微妙的、最富有创造性的区域，从而激发学生的创造力，发展学生的创造思维。四是劳动教育有利于改变后进生的学习状态。学习后进生可以通过劳动发现自己的劳动才能，形成自尊感和自信心，然后将这种自尊感和自信心迁移到学习上，增强他们克服学习困难的决心和意志，改进学习方法，从而提高他们的学习成绩，改变他们学习的落后状态。

劳动具有美育和体育功能。热爱劳动是人的基本美德。学生从集体劳动中可以真切地感受到人与人之间的和谐关系和集体的力量，这有利于学生形成集体的观念，培养学生的心灵美。学生的劳动成果或"产品"是学生体力、智慧和技能技巧的综合体现，不仅有利于愉悦学生的心灵，而且成果本身具有审美价值。同时，学生在劳动过程中，协调的身体动作也有利于学生身体的健美。苏霍姆林斯基也认为，学生体力劳动在培育完美的体魄上所起的作用同体育运动一样重要，许多劳动同运动相比甚至还有它的优越之处。劳动是学生体力和技能技巧的结合过程，是学生体力、智慧和能力的完美统一，在劳动的过程中，学生可以宣泄情绪、释放压力、舒缓心理，从而促进身心健康发展。

49. 游学是促进学生发展的重要途径

　　游学是近年来逐渐兴起的一种教育现象。有人以为只有走出国门才叫游学，这是一种误解。

　　游学，可以是国际游学，也可以是国内游学。其实，我国历来就有游学传统。从孔子到历代文人墨客，大多有过游学的经历。在我国的中小学，一直以来也都有游学活动，只不过由于经济及社会各种条件的限制，只能在比较小的区域内开展活动，而且没有使用"游学"这个词而已。在过去相当长的时间里，我们的中小学也会因地制宜地安排学生外出参观学习，或到博物馆、美术馆、科技馆，或到某个农场、工厂、矿山、部队营地，或到某个景区、植物园、动物园，等等，不一而足。

　　但在前几年，由于安全事故频发，迫于社会压力和学校承担的责任，许多学校一度停止组织学生春游、秋游、外出参观学习等活动。这种因噎废食的做法颇受诟病。出于无奈，有些学校通过社会中介机构组织学生开展国际游学，以此规避学校应负的安全责任。特别是2016年末，教育部、国家旅游局等十一个部门联合发布《关于推进中小学研学旅行的意见》，明确把"研学旅行"纳入中小学教育计划，使中小学校开展游学活动获得了制度上的保障，解除了后顾之忧。于是，近年来，这种国内游学、国际游学逐渐兴起，而且有愈演愈烈之势。当然，目前社会上借游学之名行赚钱之实的现象也不在少数，这种挂羊头卖狗肉的所谓"游学"不在笔者讨论之列。

那么，游学对学生来说到底有没有意义呢？回答是肯定的。大家不妨回顾一下自己在中小学的读书经历，几十年过去了，当初在学校里学的知识早已忘了，但当年学校组织的外出参观学习活动，却仍然历历在目，记忆犹新，而且终生难忘。古人早就说过，读万卷书，行万里路。读的是知识，行的是经验；读书是学习，行路是实践。两者是相辅相成、相得益彰的。对中小学生来说，在学校学习很重要，参加社会实践同样很重要，而且，有些知识的学习，有些情感的体验，有些人生的经验，是非亲历其境不得其益的。在目前我国中小学深受应试教育影响的情况下，游学活动对学生的成长乃至发展就显得尤为重要。

一是游学的德育功能。学生在集体外出参观、考察、旅行、游玩时，师生同吃、同住、同行、同学习、同活动、同喜、同忧，甚至还需要共同应对各种突发情况，比如车辆故障、车次或航班误点、物品丢失、同伴生病等等。处理这些事情的经历，可以培养学生的自理能力、吃苦耐劳精神、集体观念、抗挫折能力、交往能力、合作能力，学会相互理解、相互支持、相互包容，完善学生的性格和人格，健全学生的心理，从而促进学生形成良好的品格。

二是游学的智育功能。学生游学不仅是实践的过程，同时也是增广见识，获得终身受益的知识、技能和经验的过程。在游学过程中，通过接触不同地区、不同种族、不同宗教的人群、景观、文化、风土人情、生活方式等等，不仅可以扩大学生的视野，而且可以培养学生的认知能力、理解能力、比较能力、同化能力以及辩证分析能力。同时，游学过程中，学生所面对的是完全有别于学校教育的生活场景、新奇的风土人情和人文景观、令人叹为观止的自然景色、崭新的思想和生活方式等等，这在我国目前的少子化时代，游学所获得的体验和经验，既可能是独生子女对集体生活的美好回忆，也可能是一个新兴趣、新爱好、新朋友的开始，甚至会激活他们的知识储备，激发他们的独特能力，成为他们以后学习、生活乃至工作的动力或经验。

三是游学的体育功能。游学往往伴随着旅行，而旅行的劳顿与疲惫对学生来说是一种非常宝贵的人生考验和体验，有的学校在组织学生外出学习参观的游学中安排有徒步拉练项目，需要学生长途奔波、跋山涉水，这对学生的体力和耐力都是一种锻炼和磨炼，有利于学生增强体质，提高野外生存的技能，这是学校体育教学所无法比拟的。

四是游学的美育功能。学生在游学过程中游览的人文景观、自然景观，观赏的风土人情、艺术作品等等，都具有人文美、自然美、人情美和艺术美，可以丰富学生健康的审美情趣，培养学生感受美、欣赏美乃至创造美的能力，达到学校教育中无法实现的美育效果。

50. 让学生的心灵自由地栖息

因工作需要，笔者走访了一部分中学，发现有的学校对学生采用严防死守的管理模式。究其原因，从客观上来说，是学校或教师为了防止学生发生安全事故或其他教学事故；从主观上来说，是学校或教师对自己的管理能力缺乏自信。不怕一万，只怕万一。因此，有的学校，学生一天到晚被关在教室里，班主任也一天到晚守在教室里，甚至对学生吃饭、上厕所都限定时间。学校的阅览室、图书室长年累月大门紧闭，形同虚设。教师不允许学生阅读课外书。学生课桌上码放的除教科书外，就是一本本学科练习册、习题集等。体艺课能够不上就不上，班会课更是经常被挪作他用，名存实亡。学生每天除了上课还是上课，除了做题还是做题，除了考试还是考试，很少有自由支配的时间。学生就像一只只上了发条的闹钟，就像一台台开动了马达的机器，不停地运转。这样的教育，是对学生身心的伤害，是对学生个性的轻视。不少有识之士曾经一再呼吁"解放孩子！""救救孩子！"，但都收效甚微。原因是，这不光光是教育的问题，不光光是学校的问题，也不光光是教师的问题，而是一个社会问题。不过，学校作为一个教育机构，无论如何都推卸不了自己的责任。

我们平常经常会说，山不过来，我就过去。改变不了他人，就改变我自己。许多校长和教师经常低估了自己的力量，低估了信念和理想的价值，而喜欢随波逐流，放弃自己的理想和追求。朱永新教授说："当你无法改变社会，无法改变别人的时候，你唯一可以改变的就是自己。而只要你真正地去改变自己，其实你就是在改变别人，就是在改变社会。"朱教授还曾耐心地说："不要以为教师在三尺讲台上没有什么作为，他影响着几十个生命！一个教师，如果能够真正地影响几个学生的生命，真正地走进他们的心灵，真正地成为学生生命中的'贵人'，他的生命就是非常有价值的了。而这一点，我相信是所有教师都可以做到的。"

要改变目前的这种教育现状，广大教育工作者必须坚持教育理想，必须坚定教育信念，必须坚守教育规律，必须回归教育本质，创设更为宽松的教育环境，让学生有更多的自由支配时间，让学生的心灵得以自由地栖息。只有这样，学生的身心才能健康成长，学生的个性才能健康发展。

学生应该有自由阅读的时间。朱永新教授曾反复强调："一个人的精神发展史就是他的阅读史，一个民族的精神境界取决于她的阅读水平，一个没有阅读的学校永远不可能有真正的教育。"阅读，特别是自由的阅读，对学生的成长来说，实在是太重要了。所以，作为一所有责任感和使命感的学校，就要尽可能安排时间让学生进行自由阅读。

我们很欣喜地发现，有不少学校已经意识到了这个问题的重要性，已经开始采取措施，专门安排课时，在教师的指导下，让学生进行自由阅读。这是一个很大的进步，我们希望有更多的学校也能迈出这一步。

　　学生应该有自由活动的时间。当前，中小学生的体质发展状况不容乐观，学生的近视率越来越高，体质检测不达标的学生越来越多，这不能不引起大家的重视。虽然原因是多方面的，但与学生在学校内运动时间不足、运动强度不够多少有些关系。我们认为，学校必须根据学生身心健康发展的需要，科学安排自由活动项目，合理安排自由活动时间，让学生的身心得以放松，压力得以释放，情绪得以宣泄，从而达到强身健体、身心愉悦的目的。此外，学校还应该安排学生自由参加社团活动的时间，促进学生的特长培育和个性发展，放飞学生的心灵。

　　学生还应该有自由思考的时间。让学生学会思考，是教育的一项重要目标，而学会思考，是学生学会学习的重要标志。当前的学校教育，教学任务重，车轮战似的课务安排，没完没了的作业，一场接一场的考试，让学生已经很难有时间静下心来进行自由的、放松的思考。孔子说："学而不思则罔，思而不学则殆。"学习必须学思结合。思考是为了更好地学习。所以，学校必须每天安排一定的时间让学生静下心来自由思考，让学生的思绪在宽松的环境里，在放松的心态下自由地飞翔。这不仅是调节心理的需要、陶冶心灵的需要，而且是培养思考习惯和方法，提高学习质量与效率的需要。朱永新教授主导的新教育实验，要求学生每天进行"暮省"，就是让学生进行自由思考，进行自我反思。

　　让学生自由阅读、自由活动、自由思考，就是放飞学生的心灵，就是放飞学生的希望，就是放飞学生的梦想。

51. 警惕"反教育"现象蔓延

学校是教育机构，其职责是遵循教育规律，对学生进行规范的教育，促进学生德、智、体、美、劳全面发展，为社会培养合格的接班人和建设者。然而，近年来，学校违反教育规律的行为时有发生，"反教育"现象似乎有了蔓延之势。教育领域的这种现象，在社会上引起了广泛的热议，这不能不引起我们广大教育工作者的警惕。

当前，"反教育"现象在各级各类学校都或多或少地存在，但在基础教育学校表现得尤为严重。比如，有的高级中学被称为"高考工厂"，其倡导的教育理念和价值观更是让人听了毛骨悚然。什么"生时何必多睡，死后自然长眠""提高一分，干掉千人""就算撞得头破血流，也要冲进一本线的大楼""扛得住给我扛，扛不住给我死扛"等等口号标语，已经把学生异化为一台台冰冷无情的考试机器，异化为一头毫无人性的弱肉强食的动物，宣扬的是毫无道德感的丛林法则。又比如，有的学校让学习、思想品德表现稍差的学生佩戴"绿领巾"，有的学校让学习成绩好的学生穿"红色校服"，有的学校让差生伺候优生吃饭，有的学校根据学生学习成绩优劣发放"三色作业本"，有的学校对学生进行"测智商排名次"，有的学校让学生投票评选班级最调皮学生，有的学校为所谓"差生"安排特殊座位，有的学校根据学生中考成绩从高分到低分依次编排学号，有的学校面临中考或高考，校长率领学校干部到寺庙烧香磕头，求神拜佛，等等，五花八门，不一而足。

这些学校教育中所表现出来的"反教育"现象会造成很严重的后果。一方面，"反教育"会导致人的异化，尤其是学生的异化，使他们变得更加急功近利，日常的学习不是为了求得全面的发展，而仅仅是为了提高考试成绩这个唯一的目的，满足脆弱的虚荣心；知识的学习和教育过程也不具有对道德、对理想、对情感的陶冶功能，而是只为通过考试。另一方面，给不同类型的学生贴标签的做法类似于中国古代给犯人脸上刺字，在客观上造成歧视，是一种侮辱性的做法，属于精神暴力，只能灼伤孩子幼小的心灵，加重他们的自卑心理，加重他们的挫败感，甚至可能扼杀他们的美好未来。至于某些学校领导干部为了取得中考、高考的好成绩，祈求神灵保佑，则是一种信仰的丧失，是对神圣教育事业的亵渎，是对教书育人的"人类灵魂工程师"的极大讽刺。

华南师范大学的刘良华教授认为，教育的使命在于塑造健全的人格和优良的品行，让各个孩子感受到平等、尊重与快乐是教育的根本宗旨。让学生健康、快乐地掌握学习的方法、思考的逻辑、分析的能力，比单纯的分数更加重要。

世界上没有两片相同的树叶，学校里也不存在两个完全相同的学生，每个学生都有属于自己的潜能和个性，让每个学生发展、成才，是教育的使命，是学校和教师的责任。在平等的教育理念下，在教师眼中不应该有所谓"宠儿""弃儿"，学生的发展应该是多元的，学校对学生的评价也应该是多元的。

教育是一个系统工程，需要每一个方面、每一个环节都符合学生的成长特点，都遵循教育的规律，这样，学生才能和谐发展。如果中间某个方面或某个环节出了问题，就会直接影响到下一步的教育，严重的甚至可能导致下一步教育无法进行。所以，我们必须高度警惕"反教育"行为，及时阻断"反教育"现象的蔓延。

52.陶行知"四颗糖"故事的启示

　　陶行知先生是我国现代最伟大的教育家之一，他一生勤勉，学贯中西，躬行实践，不遗余力地推行平民教育，为我国现代教育事业的发展做出了杰出的贡献。他的"四颗糖"的教育故事广为流传，堪为经典。

　　这个故事是这样的：陶行知先生当年在重庆育才学校任校长时，一次，他看到学生王友用泥块砸同学，当即予以制止，并让王友放学后到校长室。

　　放学后，陶行知先生来到校长室，发现王友已经等在门口准备挨训了。没想到陶行知先生却给了他一颗糖，并说："这是奖给你的，因为你很准时，我却迟到了。"王友惊疑地瞪大了眼睛。陶行知先生又掏出第二颗糖对王友说："这第二颗糖也是奖给你的，因为你懂得尊重别人，我不让你再打人时，你立即就停止了。"陶行知先生接着又掏出了第三颗糖,说:"我调查过了,你砸那些男生,是因为他们不遵守游戏规则,欺负女生;你砸他们,说明你很正直善良,且有跟坏人做斗争的勇气,应该奖励你啊!"王友感动极了,哭着说:"陶校长,你打我两下吧!我错了,我砸的不是坏人,是自己的同学。"陶行知先生这时笑了,马上掏出第四颗糖,说:"因为你正确地认识错误,我再奖励你一颗糖。我的糖分完了,我们的谈话也结束了。"

教育是一门科学,也是一门艺术,需要教师运用教育智慧,遵循教育规律,艺术地化解各种教育难题。陶行知先生不愧是一位教育家,处理打同学的学生王友也别出心裁,不同凡响。至今,这个故事已经成为教育经典,给了我们诸多启示。

启示之一:教师要明辨是非。错的就是错的,对的就是对的,必须是非分明,立场坚定。打人,不管是出于什么原因,不管是有什么理由,都是错误的,所以,陶行知先生及时予以制止,并让用泥块砸同学的学生王友来自己的办公室接受教育。

启示之二:教师要善于发现学生身上的闪光点。任何一个人都会犯错误,更何况是学生。但即使是犯错误的学生,也有其闪光点,教师要有敏锐的眼光、准确的判断,找出学生的闪光点,并及时地加以肯定和激励。陶行知先生就是这样的人,他从打人的学生王友身上找出了"遵守时间""尊重别人""正直善良""知错能改"四个闪光点,并且予以大力表扬,这是一种非常重要的教育理念。有一位名师说,身为教师,要拿着"放大镜"给学生找优点,要用"扩音器"给学生积极评价,让每一个学生都抬起头来走路。

启示之三:教育应该是有温度的。教师在教育学生时,态度应该温和诚恳,氛围应该充满温馨。大家看陶行知先生的教育是多么的"温暖"。他找打人的学生王友谈话教育自始至终是和善的,是温和的,是亲切的。教育是塑造心灵的工作，必须用情感去感动，必须用心灵去感召，教育的过程应该"含情脉脉"，充满关爱，充满希望，这样，学生才会打开心扉，融化坚冰。

启示之四：教师要讲究批评教育的策略和艺术。在这个教育故事中，陶行知先生运用了"孙子兵法"，欲擒故纵，欲抑先扬。教育学生，先表扬后批评，学生容易接受，这是符合心理学原理的，也是符合人性弱点的。陶行知先生的整个谈话教育过程，都是运用先表扬后批评的方式来教育王友，让王友口服心服，其教育艺术之高超让人叹为观止。

启示之五：教师要善于运用启发式教育。在这个教育故事中，陶行知先生对学生自始至终循循善诱，因势利导，引导学生主动认识到自己的错误所在。这样，教育学生改正错误也就顺理成章了，其教育效果不言而喻。

启示之六：教师处理学生之间的事情，不能武断，不能臆断，不能先入为主，不能偏听偏信，更不能根据道听途说就下结论，而是要调查事情的原委，弄清事情的来龙去脉，还原事件的真相。只有掌握了真相，教师的教育才能有针对性，才能发挥教育的作用。

启示之七：学校德育无处不在。学校处处有德育，事事是德育。陶行知先生目光敏锐，及时捕捉到了德育资源。不失时机地对学生王友进行了"守时""尊重他人""有正义感""知错能改"等道德品质的教育，让王友不仅改正了错误，而且学会了做人。这种和风细雨、润物无声的教育，估计王友会终生难忘。

启示之八：教师要学会反面文章正面做。学生王友用泥块砸同学，简单地从表面上看这件事情，这是一个反面事件，有的教师对此的处理很可能会意气用事，以斥责、处罚等方式去对待，而不会从正面去教育。但陶行知先生却独辟蹊径，反其道而行之，自始至终运用肯定、鼓励的方式来解决，用自己的爱心与智慧守护学生的尊严，给学生垫上一个个走出错误与尴尬的台阶，让学生在自我反省、自我认识中学会成长。这是一种多好的自我教育啊！

陶行知先生的教育理念是先进的，教育方法是科学的，教育艺术是高超的，但这一切都和他对教育事业、对孩子们的爱是分不开的。育才学校里的孩子毕竟都是小学生，几个男生欺负女生，一个男生伸张正义，用泥块砸这些男生，这终究是小学生之间的矛盾，没有必要上纲上线。但事小理深，是与非、正与误、善与恶、正义与非正义的行为必须让学生分辨清楚。因为其中蕴含的价值观是容不得含糊的，否则将会影响学生的价值判断，潜移默化，甚至可能会影响学生的整个人生。陶行知先生运用其高超的教育艺术，通过温馨而巧妙的教育方法正面处理此事，起到了一举多得的作用，这确实很值得我们每一位教育工作者学习、借鉴和深思。

53.教师乐教是教育成功之源

　　教与学是一对矛盾,教师乐教是学生乐
学的前提,只有教师的教与学生的学达到和
谐统一,才能实现古人所说的"教学相长"
的目标。

　　没有乐教,教育就没有爱;没有乐教,教
学就变成敷衍了事;没有乐教,学生的乐学
就无从谈起。

　　教师只有乐教,才会有教育信念和教育
理想,才能敬业,才能对教育忠诚,才能把教
育工作当作自己的事业,才能永不满足,才
能百折不挠,才能乐此不疲,才能追求卓越,
成就未来。

　　教师只有乐教,才能爱生,才能视育生
为自己的神圣职责和使命,才能有教无类,
才能诲人不倦、呕心沥血也在所不惜,而且
无怨无悔。全国著名特级教师李镇西老师爱
生如子,与学生打成一片,师生之间如同鱼

水。李老师对学生无私的爱深深地感动了学生，激励着学生努力学习，学而不厌。有一位农民，为了感谢李老师对他儿子的关心与爱护，特意送给李老师一篮鸡蛋，李老师却每天煮两个鸡蛋送给这位农民的儿子，说你父亲送来一篮鸡蛋给你补补身子，希望你努力学习，不要辜负父亲的期望。这是一个多么感人的关于爱的故事。这种爱是一股无形而又强大的力量，足以感化任何一位顽童，足以打动任何一颗善良的心灵。

教师只有乐教，才能不断发展自己。陶行知先生说过："要想学生好学，必须先生好学。唯有学而不厌的先生才能教出学而不厌的学生。"教育需要学识，教师必须不断丰富自己的学识，不断提高自己的专业水平，与学生一同成长。时代在发展，学生在变化，教师只有不断学习，才不会落伍。教师要教到老，学到老。著名特级教师霍懋征老师终身从教，而且生命不息，学习不止。她的学生没有一个学坏的，霍懋征老师真不愧为乐教之师、善教之师。

教师只有乐教，才能精益求精，不断改进自己的育人方法和教学方法，不断追求高超的育人艺术和教学艺术。孔子说："知之者不如好之者，好之者不如乐之者。"一个教师对教育工作充满热爱，将其视同生命，就不会把教育工作仅仅看作谋生的手段，把学生看作赚钱的工具，就会无视世俗的眼光，就会超越世人的价值观，就会永不满足地追求育人和教学的艺术，从而达到崇高的精神境界。陶行知先生的"四颗糖"的故事，之所以能深深地打动我们，就是因为育人智慧能够创造奇迹，能够把教育变成一门充满魅力的艺术，让学生感同身受，如沐春风，在潜移默化中得到心灵的净化，道德的提升，人格的完善。

54. 我们要向李镇西老师学什么

　　2012 年 4 月份, 全国著名特级教师李镇西老师来武义县讲过一次学, 各中小学有许多教师听了李老师的报告以后, 深受启发, 于是, 有不少教师在向李老师学习。但据笔者了解, 在这些学习李老师的教师中, 大多仅仅热衷于学习李老师的学科教学方法和班级管理方法。

　　诚然, 李老师的学科教学方法和班级管理方法值得大家学习, 但大家如果仅仅停留在这个层面上, 那是远远不够的。大家都明白, 学科教学无定法, 班级管理也无定法。而李老师的学科教学方法和班级管理方法是与李老师的性格、人生阅历、学识、品德、修养以及人格魅力息息相关的, 大家仅学习李老师在学科教学和班级管理方面的一些做法, 难免会出现生吞活剥、水土不服的现象。其实, 在李老师身上, 还有更重要、更本质、更核心的东西值得大家去学习，我们也只有学习了李老师的更重要、更本质、更核心的东西，才能真正使自己成长，使自己变得更强大、更成熟、更成功。

那么，除了学科教学方法和班级管理方法外，我们更应该向李老师学习什么呢？笔者认为，在李镇西老师身上，至少有三个方面的特质更值得我们去学习。

我们要学习李镇西老师对教育事业无限热爱、无限忠诚的情怀。李老师从1982年走上教育工作岗位开始，就爱上了教育，随着时间的推移，对教育事业的热爱之情有增无减。正是因为李老师对教育事业有很深的感情，所以，他不仅热爱自己的工作，热爱自己的岗位，更热爱自己的学生。他把自己满腔的热情都奉献给了教育，奉献给了学生。有了李镇西老师这样对教育无限忠诚、对学生无限热爱的情怀，工作能做不好吗？学生能不喜欢他吗？教育能不成功吗？

我们要学习李镇西老师对教育理想执着追求的勇气。如果说，教育情怀使李老师热爱自己的教育岗位，热爱自己的学生，忘我地工作，并从中体验到了奉献的快乐，那么，对教育理想的执着追求，使李老师明确了自己的教育目标、自己努力的方向，从而科学而又理性地设计、实施自己的教育，并推动自己从一个普通教师成长为一名教育专家。

我们要学习李镇西老师不断探索的精神。李老师从教三十多年，被评为中学语文特级教师、全国优秀教师、有突出贡献的优秀专家，获得苏州大学教育哲学博士学位，被誉为"中国苏霍姆林斯基式的教师"。李老师的成长和成功，离不开他三十多年来的不断学习、不断反思、不断写作、不断研究。其实，李镇西老师也不是圣人，也有人性的弱点和缺点，也会犯错误。但难能可贵的是，李老师敢于面对真实的自己，敢于迎接各种各样的挑战。他自始至终坚持学习，认真思考，坚持写作，不断探索，不断丰富自己的学识，不断提高自己的素养，不断完善自己的人性和人格，不断提升自己的专业化水平，从而能够不断地在失败和跌倒中吸取教训，在成功和成长中积累经验，最终不断进步，不断发展，赢得了大家的尊敬。如果我们也能像李镇西老师这样去努力，那么，我们即使成不了李镇西，也一定能飞得更高，走得更远，变得更加优秀。

55. 教育贵在坚持

　　丰子恺先生曾画过一幅名为"教育"的漫画，画的是一个工匠在做泥人，他板着脸，把一团一团泥使劲往模子里按，按出来的是一式一样的泥人。

　　叶圣陶先生对这幅漫画极为赞赏，说："受教育的人绝非没有生命的泥团，只管把他们往模子里按，失败是肯定无疑的。"叶圣陶先生认为教育似农业而非工业，受教育者"跟种子一样"。因此，教师不是像工人，而是更像农民。农民面对种子，要精心播种，让其发芽，并因地制宜、因时制宜地给予浇水、松土、锄草、施肥、除虫，使禾苗茁壮成长。农民所做的就是用他们的勤劳、耐心和坚持，对庄稼予以精心培育。

　　教育是一项细活，需要耐心；教育是一项慢的艺术，需要等待；教育是一项迟效的工作，需要坚持。

有教育专家说，不能奢望在学生的心田里撒几粒种子，滴几滴汗水，就能收获丰硕的教育果实，只有日日夜夜、点点滴滴地坚持下去，种子才能生根发芽，开花结果。

作为一名教师，面对各种各样的学生，我们也许会茫然，也许会困惑，我们到底应该如何让他们学得更多，学得更好。这不仅考验我们的学识，考验我们的智慧，同时也在考验我们的性格和品德，需要我们及时做出恰当的分析和判断，去寻找最好的教育方法，去调适最佳的心理状态。

北京师范大学的肖川教授说："教育就是一个不完美的人领着另一个（或一群）不完美的人追求完美的过程。"任何一个学生，都是一个不完美的个体，作为教师，要正确对待他们的不足、缺陷甚至错误。要知道，每个人的成长，都是不断犯错、改错然后成长的过程，在这个过程中，充满着跌倒和爬起。如果我们的学生一跌倒，我们就去惩罚他，而不是给予足够的耐心去等待他，鼓励他自己站起来，那他也许就永远都不知道如何去克服困难，如何用自己的力量站起来。要是这样，我们的学生又怎么能成长呢？

从事教育工作，就是要学会坚持。不仅要坚持我们应该坚持的东西，同时，我们还要培养善于坚持的性格和品质。坚持不仅是教育成功的必要条件，而且也是教育成功的本身。

56. 把班主任工作做得更好

> 这是一项充满挑战的工作，也是一项充满希望的工作；
>
> 这是一项永无止境的工作，也是一项使自己不断发展的工作。
>
> ——题记

了解学生

了解学生是教育学生的前提，班主任要主动、全面地了解每一位学生。不仅要了解学生的共性，而且要了解学生的个性，同时还要了解学生的家庭和社会背景，更重要的是要了解学生的思想和心理，读懂学生的心，读懂学生的喜怒哀乐，"尽可能深入地了解每个孩子的精神世界"（苏霍姆林斯基语），这是班主任的责任和义务，也是完成教书育人神圣使命的保证。

关爱学生

所有的好教师、优秀班主任必定是热爱教育、热爱学生的典范。真正的师爱是真诚无私的。班主任视生如子，这不仅是一种感情，而且是一种力量。"精诚所至，金石为开"，爱的力量是无穷的。

有人说，"爱心"两个字有一个普遍的黄金定律——爱全人类容易，爱每一个学生难。但作为班主任，就必须爱每一个学生，对每一个学生都要付出你的爱心、诚心、细心、耐心和恒心，只有这样，你的教育才能如春风化雨，深入人心，才能让学生感同身受，如沐春风。

相信学生

学生是一个正在成长中的生命体，会表现出幼稚、不成熟，甚至会出现这样或那样的问题，这都是正常现象，班主任对此一定要有充分的思想准备，对学生要宽容。但学生又是一个不断走向成熟的人，班主任对此也一定要有充分的思想认识。因此，班主任要相信每一个学生都有学好向上的一面，要相信每一个学生都能自主地发展，要相信每一个学生都有学习和发展的潜能，这是树立正确的学生观和建立民主平等的现代师生关系的基石。

大量实践证明，学生的潜能如同空气，既可以压缩于斗室，也可以充满于天地，关键是教师把学生放在多大的自由空间里。

尊重学生

学生不仅是一个正在成长中的生命个体，而且是一个充满个性差异的生命个体，因此，班主任必须充分尊重学生的个性差异，充分了解学生的兴趣、爱好和特长，了解学生的发展潜能，因势利导，因材施教。同时，班主任还要充分尊重学生的人格。学生的心灵世界是以人格尊严支撑的，学生一旦没有了人格尊严，他们的心灵世界就会崩溃，精神支柱就会倒塌，人生之途就会变得暗淡无光。因此，我们必须牢记，尊重学生的人格，就是保护学生的精神世界，就是让学生对人生充满希望。

学习学生

教师不仅是教育者，同时也是学习者。班主任既要向书本学，向专家学，向同行学，同时也要向自己的学生学，与学生一起成长。

陶行知先生早就说过："师生接近，人格要互相感化，习惯要互相锻炼。"其实，在很多方面，学生都有值得教师学习的地方。班主任一定要树立民主平等的现代学生观，蹲下身子看学生，与学生平等地对话、交流，感受学生纯洁美丽的心灵世界，这不仅是一名教师应有的气度，而且是一名教师应有的智慧。

教好学生

教书育人是教师的神圣职责，班主任要关注、关心、引导每一位学生成长。一个人不一定能使自己变得伟大，但每个人都可以使自己变得崇高，通往高尚道德之门是向每个人开放的。班主任的使命就是引导每个学生走向崇高，以智慧启迪智慧，以人格塑造人格，以心灵感召心灵。让学生在充满智慧和艺术的教育环境里，在潜移默化的教育氛围中得到心灵的净化、道德的升华和人格的完善。

57. 建设优秀班集体是班主任的责任

　　班级是学校的细胞。一所学校，如果每个班级都能建设成为优秀班集体，那么，这所学校必定是一所优秀学校，甚至是一所名校。

　　学校的使命是促进学生的全面发展，为社会培养合格的劳动者，而教师的责任是教书育人。一所学校对学生影响最大的环境是班级，对学生影响最大的教师是班主任。班主任的责任尽到了，班级优秀了，学生会变得更优秀。

　　优秀班集体可以更好地培养学生的目标意识。建设优秀班集体必须有明确的目标，而且必须让建设目标成为全班学生的共识，并转化为他们的行动。因此，长期在一个优秀的班集体中，学生的目标意识会得到强化，这对他们以后的学习乃至工作会产生积极的影响。

优秀班集体可以更好地培养学生的责任意识。建设优秀班集体是班主任和全班学生的共同责任，在班主任的强烈责任心的感召和引领下，学生的责任意识会不断增强，而责任心是一个人格健全的人的基本心理品质。

优秀班集体可以更好地培养学生的自主意识。建设优秀班集体，必须人人参与，必须把班级管理的主动权交给学生，让学生成为班集体建设的主人，这样，在班集体建设过程中，学生的自主意识会不断得到强化，从而有利于培养学生的主人翁态度，有利于激发学生学习乃至工作的自觉性和主动性。

优秀班集体可以更好地培养学生的团队意识和合作精神。建设优秀班集体是班主任和全班学生的共同使命，只有大家同心协力，团结一致，共同奋斗，才能成为一个坚强的集体，才能取得成绩，才能赢得荣誉。一荣俱荣，一损俱损。因此，在班集体的建设过程中，学生的团队意识和合作精神会不断得到培养，而团队意识和合作精神是一个合格公民的重要素养。

优秀班集体可以更好地培养学生的民主意识。建设优秀班集体是师生的共同任务，而一个优秀班集体是师生共同努力的结果。在班集体建设过程中，班主任是一个引领者，建设的主体是学生。班主任只有善于和学生商量，充分发扬班级民主，充分发挥学生的主观能动性，形成一个民主和谐的班级管理氛围，才能建设出一个有凝聚力和战斗力的班集体。因此，建设优秀班集体有利于强化学生的民主意识，而民主意识是现代公民的一项重要素质。

优秀班集体可以更好地培养学生的爱心和感恩之心。建设优秀班集体，班主任是爱的奉献，学生是爱的传递，在充满爱的氛围中，学生长期受到爱的熏陶，潜移默化，学生的爱心和感恩之心会不断得到激发和强化，而有爱心，会感恩，是一个社会和公民的道德良心。

总之，优秀班集体是学生个性发展的摇篮，是学生健康心理和优良品质形成的最优环境，是学生健康快乐成长的精神家园。班集体的教育力量是巨大的，集体的理想、目标、舆论、作风、情感和意志，就像一座无形的熔炉，熔炼和改造着班级的每个成员。建设优秀班集体意义重大，刻不容缓。因此，学校要把优秀班集体建设工作当作一件大事，长抓不懈；班主任要把建设优秀班集体当作自己的历史使命，尽心尽责。

58. 创设有温度的课堂

　　课堂是中小学校实施素质教育的主阵地，抓住了课堂，就等于抓住了牛鼻子。只有让广大教师致力于研究课堂，才能真正研究教学、研究学生，才能真正有可能改变教师的教学行为，改变师生的交流与相处方式，从而促进学生的良性发展，取得课堂教学和学校教育的最优化。

　　课堂是学生生活与学习的重要场所，为了让学生在课堂上心灵放松、心情愉悦，充满思维与智慧的挑战，充满生命与人生的感悟，教师就要想尽办法创设一个有温度的课堂。

　　一个有温度的课堂要有激情。激情是一种情感，也是一种情绪。无论是情感还是情绪，都是会传染的。教师作为课堂教学的组织者，其情感和情绪会对学生的情感和情绪产生影响。因此，教师在课堂上必须充满激情，充满活力。平时，我们在听课过程中，发现那些情绪低迷，甚至有些萎靡不振，语气也显得沉闷的教师上的课，学生大多感到无聊无趣，显得无精打采，调动不起学习与思考的积极性。相反，当面对一位精神饱满、热情洋溢、充满激情、语气高亢、语调悠扬的教师时，学生就容易提起精神，迅速进入兴奋状态，积极学习与思考，感到上课学习活动既轻松又愉快。

一个有温度的课堂要有关怀。教师在课堂教学中，不仅要关注学生，而且要关怀学生。不仅要关注、关怀优秀学生，而且要关注、关怀其他学生。在课堂上，教师要让全体学生具有均等的学习、思考、问答的机会，具有均等的受评价、赏识、激励的机会。教师要通过自己的目光、神态、语言、动作等，传递对每个学生的关注与关怀，让课堂充满温馨。

一个有温度的课堂要有智慧。课堂教学既要传授知识、训练技能，也要启迪智慧。要让学生带着问题去学习、思考，在质疑与探究中学习知识、掌握技能、增长智慧，在紧张而又有趣的学习中感受智力活动的魅力，绽放美丽的智慧之花。所以，在课堂教学过程中，教师应充分调动学生的学习积极性，在教师创设的一个个学习平台上，让他们全身心地投入课堂的学习与思考之中，独立地思考，自主地选择，个性化地学习与感悟，学会自主学习，感受自我成长与发展的愉悦。

一个有温度的课堂要有欢乐。课堂是师生教学互动的场所，也是师生心灵相遇、心灵相通的场所，还是绽放生命之美、生活之乐的场所，因此，教师应该让课堂洋溢着生命的温暖与快乐。肖川教授说："教师应该努力用自己的人格魅力把幽默、欢笑和积极的力量带入课堂，使学生充满活力、快乐地卷入学习之中。"教师要让学生在课堂上绽放笑容，让课堂充满笑声。让学生在课堂上分享学习的激情与成长的惊喜的同时，也能体验生命的意义与人生的美好。

课堂的温度是教师激情的燃烧,是教师的教育智慧对学生求知欲望的点燃,是教师博大师爱闪耀的光芒。热情洋溢的课堂能让学生沉寂的心湖荡起灵动的涟漪,奏出美妙的乐章。

59.构建有品质的课堂

课堂是学校教育的主阵地，课堂教学质量是学校教学成绩的重要标志。关注课堂品质，构建有品质的课堂应成为学校的工作重点。

那么，有品质的课堂应具备哪些特征呢？

一是以生为本。课堂教学的内容选择、教学环节的安排、问题的设计、难点的讲解、练习的布置等等，都应围绕学生的学习实际来考虑，真正体现想学生之所想，讲学生之所讲，问学生之所问，练学生之所练。学生的成长与发展是课堂教学的核心。

二是思维活跃。课堂教学过程是开启学生智慧的过程，学生的学习就是智力潜能的开发。有品质的课堂教学应该成为学生智力的训练场。一方面，极大地丰富学生的学科知识，完善学科知识体系，同时要拓展教学时空，把社会与生活引入课堂，把学科知识与社会实践结合起来，把知识转化为智慧。另一方面，要极大地开放思维时空，突破学生的思维限制，让学生自由思考，自由联想和想象，从而最大限度地培养学生思维的广阔性、灵活性和创造性。

三是个性发展。有品质的课堂应该促进学生个性的良性发展。每一个学生都是独一无二的个体，都具有极大的可塑性，他们最需要受教育也最好受教育。教育的本质就是促进学生的个性发展、和谐发展和可持续发展。所以，有品质的课堂教学应该尊重学生个体的独特性，尊重学生的自由意志和独立人格，尊重学生的思维特点和兴趣特长。教学的过程就是引导学生自我学习、自我发展和自我完善的过程。

四是精神成长。重视学生的精神成长是教师的职责。课堂教学不仅要让学生"修业"，而且要让学生"进德"；不仅要促进学生思维的发展，而且要促进学生思想的成长。课堂教学在进行学科知识的教学中，要提炼蕴含在学科知识中的养分，浸润学生的心灵，丰富学生的情感，让学生在体验心智活动的乐趣时，体验着生活的美好、生命的意义、创造的价值，形成内在的素养，并转化为真、善、美之心，从而促进学生的精神成长。

60. 把课上好是教师的天职

　　上好课是教师的责任，让学生喜欢听自己上的课，应成为一个教师的看家本领。但事实上，一个教师要把课上好并不容易，有的教师从教一辈子也未能达到把课上好的境界。

　　许多优秀教师认为要把课上好，至少要从下面几个方面去努力。

　　教师上课要让学生有恍然大悟、茅塞顿开之感。面对文本，由于知识结构、社会经验和理解能力的不同，学生对文本的认识与理解和教师是不同的，教师只有通过自己的引导、点拨和讲解，发掘出隐含在文本中的深刻含义，想学生之所未想，见学生之所未见，让学生有"拨云见日"之感觉，这样的课，才能深深地吸引学生。

　　教师上课要有激情。激情是课堂的要素之一，也是许多名师课堂教学的一个共同特征。有人说，激情是课堂教学的催化剂，是衡量一个教师课堂教学魅力的重要标准。情绪是会感染的，充满激情的课堂，犹如洒满七彩阳光的绿地，绚烂多姿，令人心旷神怡。学生身处充满激情的课堂，学习的热情才能被点燃，注意力才能更集中，思维才能更活跃，心灵才能有更多的体验。听过著名特级教师窦桂梅老师上课的人，无不被她课堂上的激情与真诚所打动。窦老师上课时，是那么富有激情，语调铿锵，笑傲课堂，全身心投入，几乎达到了物我两忘的境界，引得学生兴奋不已。这样的课会深深地印在学生的记忆里。

教师上课的教学语言要有艺术性。学生不喜欢上课语调平淡单调、语言枯燥乏味的教师。学生称这种教师为"催眠师"。教师上课要吸引学生，就要磨炼自己的语言艺术，语调要抑扬顿挫，要有轻重缓急，要有高低起伏，语言要条理清晰、生动形象、风趣幽默，这样，学生才会百听不厌，乐此不疲。学生的会心一笑，就会像照相的底片一样，永远留在学生的记忆中，形成一个美好的回忆。

教师上课要学会"留白"。中国传统国画艺术中有一种重要的艺术手法叫"布白"。这种手法是在画面空间上留出"空白"，给观众以想象的空间和余地，形成幽远无穷的意境。教师在上课过程中，也要学会"留白"，给学生留出一定的思考、想象的空间。苏霍姆林斯基也说，教师"在讲课的时候，好像只是微微打开一扇通往一望无际的科学世界的窗，而把某些东西有意识地留下不讲"。教师故意留出一些"空白"，让学生有独立思考和理清思路的时间，从而激发起学生更强的学习热情和学习动力。这样的课堂会让学生感到余味无穷。

教师上课要让学生学有所得，识有所获。教师上课，不仅教学知识，而且培养能力；不仅培养情感，而且培养兴趣和习惯；不仅塑造性格，而且塑造心灵。教师上课，只有各方面都在指导、引领、教育学生，让学生在学习、实践中获得丰富的情感体验和成功的体验，让学生在各个方面得到成长和发展，学生才会有真正的获得感，这样的课，才能为学生未来的发展奠基。

课堂教学是一门科学，也是一门艺术，需要教师毕其一生为之努力、追求和探索。

61. 我的语文教学观

——初中语文《竹影》听课点评

刚才,我们听了王老师上的《竹影》这堂课,给我的总的印象是教学思路比较清晰,学生的主体地位基本得到体现,新课程的学习方式有所落实,信息量比较大,整节课声画结合,动静搭配,取得了比较好的效果。这是我们应该充分给予肯定的。

下面我想借此机会,谈谈我的语文教学观。

一、语文不仅仅是语文

这是什么意思?就是说,语文课不要仅仅上成语言文字训练课。因为语文课本中所选的文章大多是经典名著、名家名篇,里面包含着十分丰富的民族文化、人文因素、思想感情。根据新课程的理念,教师不仅是知识的传授者,更重要的是学生学习和发展的引导者和促进者。因此,我们上语文课,不仅要引导学生读懂文章的语言文字，同时要引导学生领会文章中所包含的文化。

《竹影》这篇课文虽然讲的是几个小伙伴借着月光画竹影这样一件事情，但其中包含的文化是非常丰富、深刻的。有艺术的起源问题，有画家的艺术灵感问题，有童真的情趣问题，有中国画的顿悟式创作方法问题，有中国画的讲空灵、讲神韵、讲气势的艺术风格问题，有中国画的布局特点和笔法技巧问题，有中国画的欣赏方法问题，等等。也许，初中的学生未必能理解这么多，但作为学生学习和发展的引导者的教师，必须引导他们去品味，去体验。这样，我们才能教语文而又跳出语文，学生学习语文又能突破语文。这就是人们常说的所谓"大语文"，能使学生在学习语言文字的过程中感受丰富多彩的文化，接受健康的艺术熏陶，净化心灵，提升精神境界。

二、语文必须是语文

语文的工具性很强，语文主要不是知识性的，而是应用性的。衡量一个人的语文水平不在于这个人知道了什么，而在于这个人会了什么。知道并不等于会，能读会写才是根本，才是我们的教学目标。因此，语文课又不能忽视对语言文字的理解和运用。有关语言文字的灵活理解问题、语言文字的灵活表达问题、语言文字的艺术描绘问题、语言文字的严密组合问题等等，这些都是我们教学语文、学生学习语文的重点。

像丰子恺先生的《竹影》这篇文章，语言通俗简练，生动形象，像素描，像漫画，更像水墨画，重神不重形，重简不重繁，重清不重丽。我们要引导学生去咬文嚼字、品词评句。引导学生通过比较、替换、改变句型、改变表达方式、改变修辞方法，以及仿写、扩写、缩写等方式来训练语感，培养学生对语言文字的理解和应用能力。同时，我觉得这些也是引导学生进行探究学习的重点。

三、语文必须联系生活

语文本身来自社会，来自生活。没有社会，没有生活，也就不会有语文。因此，我们在引导学生学习语文的过程中，要充分引导学生联系社会，联系生活。语言的发展，其实是社会、生活发展的反映。社会、生活的发展是因，语言的发展是果。这个道理我想大家都懂。

许多人感叹现在的学生写起作文来，内容单调贫乏，语言干巴巴的，原因是什么？我认为一个重要的原因，就是我们的语文教学远离社会，远离生活，把一篇原本生活气息很浓的文章分析得支离破碎，把一篇生动形象的语言文字分解为一个个知识点，学生在学习时所唤起的不再是形象生动的美感，而是非常功利化的题目和答案，这就像一个美女被分解成一个个独立的器官一样，已经没有美感可言。

学生在阅读和写作时不会或不善于联系生活，提炼生活，是目前我国中小学语文教学的一大悲哀。

此外，我们还要引导学生走向更广阔的生活空间，不仅要让学生联系生活，而且要让学生表现生活，让学生来表现自己从生活中所获得的启发和灵感。

当然，教学是一个渐进的过程，尤其是语文教学，不可能取得立竿见影的效果。关键是我们在课堂教学中，要表现出以学生的发展为本位的教育思想。

以上是我听了王老师上的《竹影》这堂课后所产生的思考，很不成熟，望各位领导、专家、同行批评指正。

最后，我想套用一下郑板桥的《题竹石》这首诗，来表达我对语文教学的基本观点：

咬定文本不放松，立根原在生活中。

咬文嚼字细品味，任尔东西南北风。